Wünsche

Liebe, Gesundheit, Glück, Spaß, Leidenschaft, Kuscheln, Sex, Ekstase, Geborgenheit, Vertrauen, usw. – das wünschen wir uns – wir Menschen, die geboren sind, um »unsere Aufgabe« in dieser Existenz zu erfüllen. So unterschiedlich sind die Lebensgeschichten, so unterschiedlich unsere Prägungen und so unterschiedlich unsere Sehnsüchte. Doch wenn man die wirklich nennenswerten Ereignisse betrachtet, erkennen wir, dass sich viele Leben ähneln.

Was will ich damit sagen? Nun, ganz einfach zusammengefasst:

»Du bist nicht allein!«

Lebe sensitiv, öffne dich dem Positiven und Guten, achte dein Rundherum und sei dankbar für jeden Lernschritt.

Potpourri der Erotik

Kurzgeschichten von

Tina Slip

Band I

Tina Slip – Künstlername
geb. 1967 in Oberösterreich
www.sichfinden.at
Bereits in der Jugend plante ich, einmal ein Sexbuch zu schreiben. Als die Zeit dafür reif war, stellte ich fest, dass es mir leicht von der Hand geht, dass viele Erfahrungen, Erzählungen und Ideen meinen Schreibdrang beflügeln.

Ich erhielt einmal folgendes Kompliment:

»Dein Lebensbuch besteht
nicht nur aus einer starken Vorder- und Rückfront,
sondern braucht wahrlich viele Seiten,
um deine große Persönlichkeit
zum Ausdruck bringen zu können.«

Danke!

 tredition®

Verlag: tredition GmbH
Paperback   (ISBN: 978-3-8495-9521-0)
Hardcover   (ISBN: 978-3-8495-9522-7)
e-Book   (ISBN: 978-3-8495-9523-4)
Satz & Korrektur: Anita Pilz
Covergestaltung: Anita Pilz
Printed in the EU

Inhaltsverzeichnis

Vorwort

Liebe Leserin, lieber Leser,

herzlichen Dank für Ihre Wahl zu diesem Buch! Oder haben Sie es als Geschenk erhalten?
Wie auch immer – lassen Sie sich in die Welt der Erotik entführen:

Ich präsentiere Ihnen witzig-spritzige Episoden, die eine Kombination von eigenen Erfahrungen, mir erzählten Erlebnissen und teils auch Erfundenem beinhalten. Manchmal geht es sehr rasch zur Sache, dann bedarf es wieder mehrerer Zeilen der Einleitung. Sie werden nicht immer ausführliche Detailbeschreibungen vorfinden, sodass genügend Freiraum bleibt, auch eigene Fantasien entwickeln zu können.

Es ist mein Anliegen, Sie zu animieren bzw. offenbart jede Geschichte (versteckte) Hinweise, die einige Moralvorstellungen auf den Prüfstand stellen und somit den Horizont erweitern.

Lassen Sie sich überraschen!
Ich wünsche Ihnen viel Spaß und positive An-/Erregung – alles Liebe – Ihre *Tina Slip*

1

Schiebedach

Der Sex mit ihrem Freund Manfred ist nach fünf Monaten immer noch phantastisch. Mandi hat viel Fantasie und lebt dies mit seiner Freundin voll aus.

»Jasmin – du bist der Hammer! Machst einfach alles mit«, schwärmt er ihr abermals vor.

»Ja natürlich«, spricht sie den Werbeslogan betont nach, kichert kurz, »bin ja wissbegierig und das Erkunden vieler Sexpraktiken und Orte macht mit dir echt voll Spaß.«

»Und wie! Mein liebes Girl, bist erst Achtzehn und hast schon eine so offene, unbekümmerte Art – das ist dir sicher schon in die Wiege gelegt worden ...«, frohlockt der fünf Jahre ältere Manfred.

In einer lauen Sommernacht fährt er sie nach dem Lokalbesuch nicht nach Hause, sondern sucht sich nahe dem angrenzenden Wald eine kleine Lichtung und stellt den Motor ab. Beide blicken kurz durch das geöffnete BMW-Schiebedach stumm in den Sternenhimmel, wenden sich nun gleichzeitig einander zu und küssen sich innig. Manfreds Hand wandert zwischen ihre Oberschenkel und entdeckt, dass Jasmin wieder einmal kein Höschen unterm Kleid an hat. Dass sie heute keinen BH trägt, hat er bereits bei der Begrüßung festgestellt. Also nur dieses hauchzarte rosa Kleid, das ihre schlanke Silhouette schmeichelnd umspielt.

Rasch reagiert sein Glied auf diesen Umstand und auf ihre Berührung – ihre Hand streicht mit festen Druck über die Beule. Dem gleichgetan drückt auch Mandi auf Jasmins äußere Schamlippen. Während sie sein Hemd geschickt öffnet, widmet er sich ihren Rundungen. Mit einer Hand streichelt er zärtlich über ihre Brustspitzen und mit der anderen sucht er tiefer zu den inneren Schamlippen. Jasmin seufzt auf und Mandi schließt ihre Lippen mit den seinen. Vom zärtlichen Zungenspiel muss sie sich nun aber wieder lösen, da sein Finger-Vorstoß in ihre Grotte sie sehr entzückt:

»Jaaa – genau so!«

Manfred vollführt mehrere Kreisbewegungen, dann fährt er wieder heraus und umspielt ihren Kitzler. Nun beschließt er, dass dies heute genug Vorspiel sei.

»Bitte zieh dein schönes Kleid aus! Es verdrückt sich ja sonst total.«

Wie fürsorglich er doch ist, denkt sie sich beim Entkleiden. Auch er entledigt sich seiner legeren Sommerhose, der Unterhose und dem bereits geöffneten Karohemd. Die Sandalen und ihre Riemchenschuhe sind auch gleich abgestreift.

Jetzt beginnt eine unbequeme Phase – das Autogerangel nervt und Jasmin drückt Mandi zurück.

»Sorry Mausi, aber so will ich das nicht mehr! Das ist voll unbequem und da kann ich mich nicht richtig fallen lassen!« protestiert sie.

Kurze Verzweiflung entsteht in seinem Kopf:»Jasmin, komm schon – ich bin grad so schön in Fahrt. Ich will dich unbedingt ficken!«

»Ja – ich doch auch, Mandi. Aber auch wenn ich auf dir sitze, schürfen meine Knie dann auf der Armatur immer wieder ab.«

Ein Sommerlüftchen verirrt sich über die offene Schiebedachstelle ins Wageninnere und sogleich kommt Manfred ein Geistesblitz:»Komm, steh auf meine Süße!« und er zieht sie mit sich durch die Öffnung hoch. Er schnappt sie unter den Achseln und hebt sie hinaus ins Freie.

»Du bist verrückt«, lacht sie, »und genau das liebe ich an dir.«

Sie sitzt nackt am Rand der Autoöffnung, hält sich an seinen Schultern fest, spreizt ihre Beine und stützt sie hochgezogen gegenüber der Öffnung ab. Manfred bleibt mit seinen Beinen auf den Sitzen stehen und mit seinen 1,96 m Größe ist die Höhendistanz geradezu perfekt.

Er schmatzt mit gebeugtem Haupt – sodass sein Po an die Innenscheibe drückt – kurz an ihrer Muschi. Nun kann er sein wieder aufgegeiltes Glied in Jasmin einführen. Ganz langsam zuerst, um die Position abzusichern, und jetzt geht's richtig los. Er umfasst ihre Oberschenkel und kann zu Pumpen beginnen. Beide stöhnen sie in den Nachthimmel und Jasmins Sinne spielen verrückt. Sie empfindet nun von einer Sekunde auf die andere ein stark abschwächendes Gefühl – sie hat keine Kraft, keine Stärke mehr in sich. Sie lässt sich mit ihrem Oberkörper vorsichtig zurück auf das schwarze Autodach sinken und legt ihre Arme seitlich stützend

10

auseinander. Ihre blasse Haut bietet einen schönen Farbkontrast. Kalt, ziemlich kalt spürt sie den harten Untergrund und doch liegt sie nun bequem.

»Du bist so guuut, meine geile Jasmin!« entfährt es Mandi und er gibt Tempo.

Der Himmel dröhnt, sodass Jasmin ihre Augen öffnet, um zu sehen, was dies für ein Lärm sei. Da erblickt sie nah über ihnen einen großen Passagierflieger auf dem Landeanflug.

»Das glaub ich jetzt nicht! Das glaub ich nicht! Das gibt's doch nicht!« und es wird ihr bewusst, dass der Flughafen Linz ja in unmittelbarer Nähe ist. Jasmin kann nicht mehr leise sein, sie lacht lautstark auf und winkt den hinter den kleinen Scheiben beleuchteten Menschenumrissen mit einer Hand zu. Keinerlei Scham, sondern vielmehr berauscht von der tollen Aktion spürt sie, dass es ihr bald kommt und Mandi, der sich nicht stören ließ, gibt jetzt 180 PS. Als sie laut aufstöhnt und mit dem Oberkörper hochzuckt, ist auch er soweit. Er zieht raus, umfasst seinen Schwanz und mit drei Bewegungen spritzt er auf ihren oberen Schamhaaransatz und Bauch: »Uuaahh, uuaahh, aaah« ... und dann prahlt er in den Himmel hoch: »Habt ihr das gesehen? Das bin ich, ich und meine geile Freundin. Die gehört mir, mir ganz alleine!«

Doch der Flieger ist schon weiter und setzt zur Landung an.

Jasmin fühlt sich wie unter Hypnose, Tränen laufen ihr übers hübsche Gesicht hinunter, sie ist völlig überwältigt.

Als sie sich wieder gefangen haben, stellen sie fest:
»Das Bild, das sie heute boten, kann den Piloten und rechtssitzenden Passagieren keinesfalls entgangen sein. Der Landeanflug auf Linz wird sicher in deren Erinnerung bleiben. So ein Willkommensspektakel aber auch!«

2
Bezaubernde Jeannie

Knappe Sechzehn. Jennifer hat sich auf das Faschingsfest lange gefreut und entsprechend vorbereitet. Sie und ihre Freundin gehen als »Bezaubernde Jeannie«. Sie haben sich ihr Kostüm selber geschneidert und sind zufrieden mit dem Ergebnis. Schön heiß sehen sie aus, mit ihrer Taille samt Bauchnabel zeigen sie Haut. Die Beine und Arme sind unter Tüll verhüllt und ihre noch jungen Brüste haben sie mit entsprechenden BH-Einlagen hochgepuscht.

Im Landgasthaus ist leider zur Einlasszeit noch nicht viel los.

»Wo bleiben bloß die Jungs?« ist Jenny ungeduldig.

Eine Stunde später ist die Bude voll und beide haben viel Spaß mit der Polonaise, noch dazu da sie jetzt auch in andere Räume gelangen und im fast gleichen Kostüm vermehrt Aufsehen erregen. Zwei ältere Burschen haben sie erblickt und verlieren keine Zeit. Sie pirschen sich an die Girls heran – jeder hat bereits seine im Visier und die Devise lautet:

»Abfüllen+Abschleppen«

»Hey, ihr bezaubernden Jeannies – was wollt ihr trinken?«

Sehr rasch sitzen die Freundinnen bei je einem »Cowboy« – schön eng gedrängt, Hüfte an Hüfte.

»Clint Eastwood« hat besitzergreifend den Arm um seinen weiblichen Flaschengeist gelegt und »John Wayne« küsst bereits Jennifers Hals entlang. Ja so rasch kann es gehen, denn der Alkohol wird laufend nachgeschenkt und der Plan der Cowboys geht auf: »A+A«

Pärchenweise begleiten die Westernhelden die Zaubergirls nach Hause. Doch John meint auf halben Weg: »Schöne Jeannie, willst du zu MIR nach Hause reiten?«

Jennifer war bereits betrunken, lallt ein »Yeah!« und muss zusehen, dass sie noch gerade gehen kann. Ihr Cowboy hat sie aber fest im Griff, denn beinahe wäre sie hingefallen. Ihre Freundin, die mit Clint vorausging, bemerkt erst vor der Haustür des Elternhauses, dass Jenny verschwunden ist.

Jenny kommt erst wieder zu Verstand, als sie bereits in Johns Bett liegt. Sie hat kein Oberteil mehr an, der BH ist runtergezogen. John liegt mit nur mehr einer Boxer Short bekleidet neben ihr, eine Hand unter ihrem Hosenbund, wo er ihre übertriefende Muschi massiert.

Jenny schließt wieder ihre Augen, sie ist voll müde, aber die Erregung hält sie wach. Ihre Muschi zuckt jungfräulich, denn das ist erst das zweite Mal in ihrem Leben, dass sie ein Mann hier berührt.

»Schlaf mir ja nicht ein, ich will mit dir jetzt galoppieren!« sagt John in forderndem Tonfall.

Er zieht seine Hand heraus, steht auf, entkleidet sich vollständig und Jenny blinzelt hoch zu seinem Ständer. Sie fühlt sich wie in Trance, es dreht sich alles …

John streift ihr die Haremshose bis auf die Knöchel hinunter und legt sich auf sie. Er drückt seinen Steifen zwischen ihre Oberschenkel und küsst sie innig. Jenny ist so geil, so irre geil. Sie beginnt heftig mit ihrem Becken immer wieder hoch zu schwingen und sehnt sich nach seinem Eindringen. Sie spürt seine Penisspitze ganz nah an ihrem Spalt, es bräuchte nicht mehr viel, worauf wartet er?

»Bitte, gei … Hengst … glopier mi…«, stammelt sie.

John hat es geschafft: Sie fleht ums Zureiten. Genau das will er, das kann er nur zu gut. Als er gerade das erste Mal in sie hineinstößt, pumpert es an seiner Tür.

»Hey John, hör auf! Reiß dich zusammen! Ihre Freundin sorgt sich, du sollst sie zu ihr bringen – aber schleunigst«, ruft Clint.

»Geh weg! Ich bin grad soweit …«, kontert John.

»Willst einer Minderjährigen ein Kind machen, du Narr?«

John besinnt sich und springt auf: »Er hat Recht, besser ich bring dich heim«, meint er tief schnaufend an Jenny.

Als sich beide fast wieder angezogen haben, steht auch Clint auf einmal im Zimmer. Die Cowboys geleiten das betrunkene Girl links und rechts eingehakt zu ihrer Freundin.

Am Boden neben dem Gästebett sitzend laufen Jennifer Tränen übers Gesicht. Sie ist zwar noch im Delirium, aber den Ernst der Lage hat sie nun auch gecheckt.

»Was ist, wenn ich nun schwanger bin?« schluchzt sie und ihre Freundin erfragt, ob sie denn miteinander geschlafen hätten.

»Weiß ich nicht ... es ging alles so schnell, ich kann mich nur mehr erinnern, dass ich mit dem Becken hochgefedert bin und es echt wollte ... und auch getan hätte ... – bruchstückhaft kommen Erinnerungsfetzen hoch – ich danke dir so sehr, dass du mich abholen ließest ... und das wahrscheinlich gerade noch rechtzeitig!«

Drei Wochen später treffen sich die Girls wieder und Jenny berichtet überglücklich, dass sie ihre überfällige Monatsblutung endlich bekommen hat. Erleichtert sagt ihre beste Freundin: »Da hast du echt Glück gehabt, denn sonst hättest du die Schulbank gegen Windeln wechseln müssen ...«

3

Après-Ski

Ingrid fuhr mit ihrer Freundin nach Obertauern ins Schiparadies. Da es für heute eine Schlechtwetter-Ansage gab, beschlossen sie, anstatt Schi zu fahren, lieber gleich nach dem Einchecken den schönen Wellnessbereich zu nutzen.

Von der Sauna aufgeheizt, entspannen sich beide im Badebereich. Nach einigen Runden im Pool begibt sich Astrid in den Outdoor-Whirlpool und freut sich, diesen ganz alleine für sich zu haben. Sie rückt sich vor einer Düse zurecht: Ihre Hände am Wannenrand, die Beine angehockt und leicht gespreizt, ihre Knie kühlen knapp über der Wasseroberfläche und die exakte Positionierung ihrer Muschi vorm Wasserstrahl. Sie hatte bereits öfters Erfüllung in dieser Form gefunden und war sich sicher, dass dies auch heute wieder funktionieren wird. Ihr Blick schweift zu den vorbeifahrenden Schifahrern in unmittelbarer Nähe und sie muss schmunzeln. *Wenn die wüssten, was ich hier gerade mache, dann wäre vielleicht so mancher Einkehrschwung erwünscht ...,* kichert sie in sich hinein. Jetzt bewegt sie sich etwas auf und ab und rückt noch näher an den starken Strahl heran, der ihre Möse voll durchmassiert. Ein irre Gefühl – so, als wenn das Wasser sie vollständig auffüllen würde und der harte Strang ihre Vagina durchfickt. Ihr heiterer Gesichtsausdruck weicht einer verzerrten Grimasse, ihre Augen werden zu kleinen Schlitzen und den Mund öffnet sie leise keuchend, als es ihr so richtig fest und tief einfährt.

Kurz darauf begibt sie sich wieder in den Innenbereich zu Ingrid, die bereits auf einer Liege eingenickt war.
»Ingrid«, weckt sie sie unsanft, »du glaubst nicht, wie gut es mir soeben gegangen ist.«
»Ach so? Wie denn, was denn, wer denn?«
Astrid erzählt Ingrid von ihrer entdeckten Hilfsdüse. Ingrid lacht lautstark

auf und beide kommen sie auf das beliebte Thema Männer.
»Wer uns wohl heute noch begegnen wird? Hier geht abends in der Tenne sicher wieder voll die Post ab …«, frohlocken beide.

Rasch stylen sie sich zurecht und besteigen den Berg zur Edelweisalm. Um 16:00 Uhr startet das berühmte Donnerwetter-Après-Ski und hier dürfen sie nicht fehlen. Volle Partystimmung, fleißig geflirtet und flott abgetanzt, geht es abends zu auf je einem großen Plastiksack sitzend flugs den Hügel wieder runter. Mit durchgerütteltem Popo genehmigen sie sich noch im überfüllten Iglu im Tal zwei Glühweine. Der Aufenthalt wird aufgrund extremen Gedränge mit ständigem Frottieren beherrscht.

Das folgende Abendessen im Hotel brachte beide wieder zur nüchternen Realität zurück. Nachgeschminkt machen sie dann zuerst die Tenne unsicher. Ingrid ist ohne Jacke unterwegs und bei den Lokalwechseln haben sich rasch immer ein paar Gentlemen gefunden, die ihre Jacken mit wärmender Umarmung anboten.
Keine schlechte Anmache, geht es Astrid durch den Kopf.
Gerade bietet ein attraktiver Mann Ingrid seinen Anorak an. Leider ist sein Begleiter noch ein Jüngling – sein Sohn, wie sich später herausstellt. Die beiden haften sich den Ladies an.
Astrid wird müde, auch ist ihr mit dem Jugendlichen inzwischen langweilig geworden und somit begibt sie sich alleine ins Quartier.
Ingrid hingegen läuft zur Hochform auf. Moritz ist ein richtiger Charmeur. Er spendiert Ingrid den inzwischen fünften Cocktail und entsprechend führt das zum Erfolg. Ingrid ist jetzt hemmungslos, ihre Hand landet wiederholt zwischen seinen Beinen und sie kann fühlen, dass sich dieser Mann auf alle Fälle lohnen würde.
»Ich bin von Beruf Gynäkologe und weiß demnach um die Beschaffenheit der Frau genauestens Bescheid«, beteuert er ihr immer wieder.
Der Small Talk zwischen beiden wird gestoppt, denn ihre Lippen kleben jetzt aufeinander, was aber nicht mit den süßen Cocktails zusammen hängt. Seine Hände haben von Anbeginn mittlerweile jeden Ansatz ihrer wohlgeformten Rundungen erkundet. Diese Frau war genau sein Geschmack.

Als er sie in den frühen Morgenstunden zum Hotel begleitet, muss Ingrid schockiert feststellen, dass sie den Hotelschlüssel verloren hat.

»So eine Mist! Da wird doch noch wo ein Hineinkommen sein,« lallt sie. Nach einigen Zick-Zack-Schritten – er schwankt auch schon etwas – gelangen sie zu einer Hintertüre, die offen ist. Sie landen in der Hotelküche und Moritz erblickt im einfallenden Mondlicht sofort den optimalen Ficktisch. Flott zieht er der stark beschwipsten Ingrid die Strumpfhose und den Slip auf die Knie hinunter, schiebt den Rock hoch, umfasst ihre Hüften und platziert sie auf der schön polierten Nirosta-Arbeitsfläche.

»Uaahh, ist das kalt hier!« entfährt es ihr und muss immer wieder lachen. Moritz bringt sie zum Schweigen. Er steckt ihr seine Zunge tief in den Mund und sie erwidert sogleich seinen stürmischen Vorstoß. Währenddessen knöpft er ihre Bluse auf, öffnet geschickt den BH und nimmt ihre großen Brüste in seine Hände, die auf einmal sehr zierlich wirken, er kann das weiche Volumen gar nicht voll umfassen.

»Herrlich, deine Titten!« und er senkt sein Haupt, um an der linken Warze zu saugen. Auch die rechte Warze nimmt er nun in seinen Mund und saugt sich den Vorhof schmatzend ein. Ingrid stöhnt auf und wirft ihren Kopf zurück. »Bums!« – sie stößt an eine hinter ihr hängende Pfanne, die auf eine nebenliegende knallt und ein lautes Scheppern hallt durch die Küche. Moritz sucht sich mit einer Hand zwischen ihre Oberschenkel hoch zur feuchten Stelle.

»Jetzt werde ich dich untersuchen«, meint er, »ob deine Möse auch entsprechend schön schaut.«

»Na, wie schaut sie denn?« lacht sie zurück.

»Alles in Ordnung, aber ich muss den Tiefgang noch genauer prüfen.«

Er will sie zum Tischrand nach vorne ziehen, doch ihr nacktes Hinterteil klebt bremsend auf der glatten Fläche – sie ruckelt ihm daher ein wenig entgegen und hinterlässt eine nasse Spur auf dem Tisch. Er befreit ihre Beine vom knietiefen Gewand und sie kann sich am gegenüberliegenden Tresen mit den Fersen breit gegrätscht abstützen, sodass er eingezingelt ist.

»Jetzt kommst du nicht mehr aus, Herr Doktor«, stellt sie fest. »Hast in deiner Praxis auch so einen Tresen?«

»Ja, da hab ich noch viel mehr …«, witzelt er etwas geistesabwesend zurück. Denn der geübte Gynäkologe öffnet rasch seine Hose und streift sich ein Kondom über.

Er steckt ihr nun seinen großen Prüfstab in die Vagina.

»Ja, jaaa – so soll es hier drinnen sein!« raunt er und stößt bis zum Anschlag weit hinein.

Sie ist schön eng, aber auch voll feucht und somit gibt es kein Hindernis, er rammelt was das Zeug hält und spürt, dass es nicht mehr lange dauert. Ingrid hält sich an der Tischkante fest. Der Tisch quietscht etwas und die Töpfe klappern. Ein andauerndes leises »Hmmmmmh« von Ingrid begleitet diesen Akt. Als sie seine Pobacken fest umklammert und ihm ihre Nägel ins Fleisch drückt, stöhnt Moritz lautstark auf und sie spürt inform seiner ruckartigen Bewegungen, dass er kommt.

Beider Atem beruhigt sich langsam und das reichlich gefüllte Kondom landet im großen Mülleimer.

Astrid schaut auf die zweite Betthälfte und sieht Ingrid im Gewand neben sich liegen.

Na, da dürfte es wohl noch lange geworden sein, folgert sie.

Am späten Vormittag schaffen sie gerade noch das Frühstücksbuffet und Astrid verlangt nach einer ausführlichen Berichterstattung. Sie ist verwundert über den Schneid ihrer Freundin, hatte sie sie doch bisher als eher keusch vermutet. Echt schön, dass ihre Freundin so viel Spaß hatte und ernst gemeint sagt Astrid:

»Also Ingrid, das ist echt der Hammer – du und der Gynäkologe in der Hotelküche! Was für eine Story! Ich freue mich voll für dich, aber das nächste Mal gehe ICH ohne Jacke aus …«

4

Kalender Girls

Katrin hat Erik erst vor kurzem kennengelernt und ist voll aus dem Häuschen. Hat er sie doch gleich beim ersten Date niedergeschmust, geschweige denn nach dem schönen Schitag auf dem finsteren Discotheken-Parkplatz mit seinen Fingern betreut. Sie war so heiß geworden, dass sie alle Sinne verlor und völlig ungeniert, diesem aufregenden Mann einen geblasen hat. Er konnte es kaum fassen, dass diese so zierlich und brav wirkende Frau ein derart geschicktes Mündchen aufwies. Obwohl, als sie ihm tagsüber mal sagte: »Die Julia Robberts mit ihrem großen Mund kriegt auch nicht mehr rein ...«, machte ihn schon stutzig.

Heute gehen sie ins Kino! Bereits am Cineplexx-Parkplatz wird sie voll feucht: Abgegurtet, hält er sie sanft vorm Aussteigen zurück und als sie sich ihm zuwendet, küsst er sie flüchtig. Wieder bequem in den Fahrersitz zurückgelehnt, streckt er aber sogleich seinen rechten Arm zu ihr herüber. Langsam schiebt er seine Hand in ihre Hose und findet schnell den Weg unter den Slip vor zur Klitoris. Sichtlich genießt Erik ihre geweiteten Augen und den erhöhten Atem. Seine Fingerfertigkeiten sind genial – Katrin stöhnt unkontrolliert auf, hebt ihr Becken immer wieder hoch und weiß nicht wohin mit ihren Armen ...
Das Wetter draußen spielt gerade verrückt und durch die Frontscheibe sehen sie in einiger Entfernung direkt vor ihnen einen Blitz horizontal in den Boden einschlagen. So ein Blitz ist symbolisch gerade auch in ihre Muschi gefahren – *ist das guuut!*
Sie küssen sich erneut und das löst eine weitere heiße Welle des Verlangens aus. *Es lodert in mir, ja es lodert so sehr,* doch dann fällt ihr wieder ein: *Sollen wir jetzt ins Kino oder nicht?*
Die Zeit drängt, der Film startet in wenigen Minuten und als hätte er ihre Gedanken lesen können, meint Erik: »Ich könnte dich auch im Kino noch streicheln!?«

Mehr brauchte sie nicht zu hören. Alleine die Vorstellung daran brachte sie zum Aufseufzen.

»Ja – machst das?« Sie vernimmt ein grinsendes Nicken. »Super – dann komm, lass uns reingehen!«

Das darf jetzt nicht wahr sein: Sie haben extra teure Karten für die letzte Reihe gekauft, um möglichst ungestört sein zu können, müssen aber zu ihrem Ärger feststellen, dass gerade nur in der letzten Reihe breite Distanzablageflächen zwischen den Sitzen bestehen. Das sieht schlecht aus – Platzwechsel ist angesagt. Ganz außen in der unteren Kinohälfte landen sie und schon liegt sein schwarzer Wollmantel auf ihrem Bauch und Oberschenkeln. Jetzt kann der Film ja starten. »Kalender Girls« verspricht manche erotische Szenen.

Zuerst drückt Erik mit seiner Hand und seinen kräftigen Fingern von außen zwischen ihre Beine hoch. Katrin ist irre nervös und will es aber auch so genießen. Er weiß genau, was ihr gut tut und reibt rauf und runter, drückt fest auf den Höhleneingang. Sie ist schon so aufgeheizt, so supertoll feucht, dass ihr diese Außenmassage nicht mehr genügt, sie öffnet schnell ihre Hose und führt seine Hand zum Eingangsbereich.
Mannnnnn, ist das herrlich – seine Finger liebkosen ihre Klitoris, bewegen sich schnell hin und her, auf und ab, fahren dann wieder in ihre Grotte tief hinein und zum Liebeshügel kreisend zurück. Katrin glaubt fast zu zerspringen, doch sie darf nicht schreien, nicht stöhnen. Sie schafft es nicht, ihr Becken ruhig zu halten, fast wäre der Mantel hinunter gerutscht. Mit ihren Armen würde sie am liebsten wild um sich schlagen …
»Nein – nein!« und sie zieht ihm seine Hand aus ihrer überfließenden Mitte. »Das halt ich nicht aus!« flüstert sie ihm zu.

Nun versuchen sich beide auf den Film zu konzentrieren, doch das klappt nicht. Sie ist so wahnsinnig erregt, sie braucht jetzt unbedingt mehr, unbedingt …
Daher sagt sie leise: »Fahr mir nochmals rein!« und brauchte nicht lange darauf warten.
Erik streichelt sanft ihren Bauch entlang in die Tiefe und nach wenigen

Liebkosungen bekommt sie einen kurzen, aber sehr schönen Orgasmus. Sie ergreift sich dabei seinen Mantel, drückt sich diesen auf das Gesicht und stöhnt verhalten in den dicken Stoff hinein.

Sie, die doch so schwer einen Orgasmus erreicht, bekommt einen sensationellen Höhepunkt im Kino unter zig Leuten – *unfassbar! Diese erotischen Etappen dürften also ausreichenden Anreiz bei ihr hervorrufen ...* Erik lächelt zufrieden und nun küssen sie sich zärtlich.

Es muss eigentlich den nahesitzenden Kinogästen aufgefallen sein, das da soeben was abgelaufen ist. Ein klein wenig schämt sie sich sogar, aber das war es auf alle Fälle wert. Die restlichen wenigen Minuten sitzt sie still und klein im Sessel versunken. Vom Film haben sie so gut wie nichts mitbekommen. Nach dem Finale warten sie bis so ziemlich alle weg sind. Als sie selber dann aus dem Saal kommen, gucken doch manche mit einem undefinierbaren Ausdruck im Gesicht gezielt in ihre Richtung. *Vielleicht schauen sie ja nur aufgrund unserer harmonischen Ausstrahlung,* versucht sie sich einzureden. Natürlich erregt heutzutage auch immer noch ein Mann Aufsehen, der es versteht, eine Lady umsichtig zu verwöhnen bzw. hilft er ihr gerade galant in ihre Jacke – *halt noch ein echter Gentleman ...* und sie gehen stolz erhoben in die kühle Nacht hinaus.

5

Fürst Metternich

Natalie hat Dietmar, den sie vor zwei Wochen kennenlernte, zum Abendessen in ihre kleine Dachgeschoßwohnung eingeladen. Sie genießt die Eigenständigkeit sowie dennoch auch rasche Kontaktmöglichkeit zu den Eltern im Erdgeschoß.

Ihr Date kommt mit einem Strauß roter Rosen – *wirklich wunderschön* – und fügte dem eine Karte hinzu, auf der steht:

»Ach wie schön ist es, wenn Schmetterlinge fliegen,
das Flattern im Bauch den Hunger ersetzt,
nur 'gemeinsam' wir den Appetit zurück kriegen
und die heiße Liebe unsere Herzen erhitzt ...«

»Vielen Dank, Didi! Das ist echt total süß von dir« und sie strahlt ihn glücklich an, »noch dazu gibt es heute als Eisdessert wirklich eine 'heiße Liebe'.«

Dietmar kommen sogleich einige Bilder dazu in den Sinn und er nimmt sich vor, Natalie mit dem heiß-kalten Dessert heute entsprechend zu verführen ...

Zum Aperitif hat sie einen besonderen Sekt parat: »Fürst Metternich« mundet sehr und die Flasche wird rasch leer. Zum Abendessen beginnen sie bereits eine zweite Flasche und der Fürst fährt ein ...

Als sie die Himbeeren am Ofen erwärmt, kümmert er sich um das Vanilleeis. Entgegen ihren Anweisungen platziert er es nicht in den am Esstisch bereitgestellten Glasschalen, sondern entkleidet seinen Oberkörper, legt sich auf die Couch, setzt sich eine Kugel mittig auf seine Brust und ruft ihr erwartungsfroh zur Küche hinüber: »Komm schnell, es ist angerichtet!«

Natalie ist zuerst verblüfft, doch dann kommt sie mit der heißen Himbeerschale neben ihren Didi.

»Das nenn ich mal ein wahrlich schönes Werk. Warte, ein paar Himbeeren fehlen noch« und sie kippt ein wenig davon über die bereits leicht zerlaufene Eiskugel.

»Aaah … heiß … heiß …«, schreit er auf, »schnell – leck mich!«

Natalie schleckt rasch die seitlich ablaufende Eissahne ab, auch auf der anderen Seite – hier vermischt sich bereits die rote Frucht hinzu. »Hmmm, die heiße Liebe schmeckt aber wirklich guuut!« gibt sie schmatzend kund. Während sie ihr Dessert vollständig einnimmt – sie muss sich echt beeilen, denn es kommt auch Hitze aus seinem Inneren dazu – beobachtet er sie mit freudigem Grinsen.

Natalies Mund, Nase und Kinn sind klebrig verschmiert. Dies kann Didi nicht mehr mitansehen, er kommt hoch, küsst sie zuerst auf die Nase, den Mund und schließlich ihr Kinn. Seine breiteren Lippen – die übrigens hervorragend zu seinem südländischen Teint passen – formt er zu einer exzellenten Säuberungsmaschine.

Natalie möchte von diesen Lippen gerne überall geküsst werden – *wow, die fühlen sich echt irre geil an …*

»Ich möchte ebenso mein Dessert von dir ablecken. Hast du ein großes Handtuch?« fragt Didi vorausahnend und Natalie holt ihr Saunatuch aus dem Badeschrank. Er erwartet sie stehend an den Türrahmen gelehnt und sieht mit seinem trainierten Oberkörper umwerfend aus. Der trunkene Fürst umfasst ihre Taille und zieht sie dicht an sich heran. Natalie glaubt, er wolle sie küssen, doch Dietmar weicht mit dem Kopf zurück und blickt ihr tief in die dunklen Augen. Seine schönen Lippen bleiben geschlossen, er umarmt sie – dachte sie wiederum zuerst –, doch eigentlich sucht er sich den Reißverschluss im Rückgrat und zieht den Zipp langsam, sehr langsam – man hört jeden Zahn – von oben bis zum Po hinunter. Er genießt ihre Unsicherheit, er kann hören, wie ihr Atem nur kurze Züge nimmt und die Spannung steigt, als er langsam das blassblaue Blümchenkleid über ihre Schultern nach vor abstreift. Es verfängt sich etwas an den Brüsten und ganz sachte – immer noch in Zeitlupe – hilft er der Schwerkraft mit zwei Fingern zupfend nach. Sie steht nun in der heute sorgfältig ausgewählten Unterwäsche vor ihm und ist vor Aufregung leicht verschwitzt. Er zieht sie heran und ihr Bauch drückt auf seinen. Das warme Haut-an-Haut-Gefühl ist wunderbar angenehm. Jetzt küsst er sie gaaanz sanft und sie glaubt zu zerspringen. Sie kann auch seine Erregung in der Hose deutlich spüren – *das verspricht Großes,* freut sie sich.

Auf das Saunatuch hat sie ganz vergessen, es war inzwischen auf dem Boden gelandet. Didi bückt sich darum, nicht umhin sich auf dem Abwärtsweg ganz dicht ihrer Figur zu widmen. Als er beim Slip ist, schnauft er tief durch die Nase ein. *Oh ja – wie herrlich sie riecht,* folgert sein Gehirn.

Das Badetuch platziert er auf dem Bett und Natalie legt sich sogleich mit dem Rücken und erwartungsvollem Ausdruck darauf.

Bewundernd schaut er sie an und bittet, sie möge ihren BH ausziehen. Sein Blick weicht in keiner Sekunde von ihr, während er seinen Gürtel öffnet, die Jeans abstreift und sich nun mit der Eisbox und Himbeerschale annähert.

»Du bist wunderschön, Natalie! Jetzt werde ich dich noch etwas zusätzlich versüßen« und er beschmiert ihre beiden Brüste mit dem nun bereits cremigen Eis. Darauf setzt er je eine einzelne Himbeere.

»Toll, aber ich muss dir das sogleich wieder entfernen, denn du bist so schön heiß …« und schon schleckt er ihre schönen Rundungen abwechselnd sauber.

»Das kitzelt … hihi … das kitzelt so!« kichert sie.

Okay, dann schleck ich dich eben woanders, und er zieht ihr in einem Ruck den Slip aus. Das gleiche Dessert kommt nun auf die Möse, wo das lustvolle Naschen leider aber aufgrund ihrer Schamhaare nur bedingt genießbar ist. Daher bestreicht er lieber ihre inneren Schamlippen – Natalie spreizt bereitwillig ihre Beine – mit der inzwischen abgekühlten Himbeersauce. In die Scheide platziert er die größte Himbeere, die er findet, gefolgt von drei kleineren und jetzt beginnt die rote Sauerei.

Wenn es nicht so unheimlich gut tun würde, wäre Natalie erschrocken, als sie sein rot verschmiertes Gesicht sowie beschmutztes Saunatuch sah. Er fischt sich die kleinen Himbeeren aus ihrer Höhle und die große muss er sich nun mit dem Finger wieder suchen. Sie kommt sehr zermatscht, gemischt mit ihrem Mösensaft heraus. Didi schleckt sein geiles Früchtchen so lange auf und ab, bis sie zur Gänze sauber ist. Aufgrund des lauten Stöhnens wird ihm bestätigt, seine Sache gut zu machen, obwohl Natalie keinen Orgasmus bekommt. Das kann er natürlich nicht sitzen lassen und gibt ihrem Flehen nun nach. Sie will seinen Schwanz spüren. Ihre Arme versuchten die ganze Zeit hinab zu gelangen, doch er stemmte sie mit einer Hand immer wieder auf das Bett zurück. Nun darf sie! Er kniet sich über ihren Kopf und Natalie sieht zum ersten Mal sein bestes Stück in voller Pracht.

»Mensch, hast du tolle Nüsse«, meint sie, »und natürlich ist dein Penis ein richtig schöner Stamm.«

»Vom Stamm der Nussknacker komm ich her«, witzelt er und wird aber sogleich kleinlaut, da sie jetzt den Stamm von unten nach oben und wieder zurück mit ihrer Zunge erkundet. *Nicht so zaghaft,* denkt er, *dir muss ich erst noch lernen, wie man einen richtigen Baum behandelt ...*

»Besser ich fick dich jetzt«, sagt er bestimmend und streift sich ein Kondom über, legt sich auf Natalie in der Missionarsstellung.

Beim Pumpen merkt er erst, wie heiß es hier im Zimmer ist, rollt sich von ihr runter und fragt sie, warum um Himmels Willen das Fenster zu ist.

Natalie springt auf und öffnet den großen Flügel. Als sie sich umdreht, steht Dietmar dicht hinter ihr und meint: »Entschuldige, ich wollte nicht jammern – du bist spitze, komm lass uns hier beim Fenster wetzen.«

»Ist schon o.k. – mein hitziger Fürst – ich will dich jetzt haben« und sie dreht ihm ihre Rückseite entgegen, stützt sich nach vorne gebeugt am Fensterbrett ab.

Er legt jetzt richtig los und Natalie stöhnt bei jedem Anschlag. Nun dreht sie sich um, setzt sich an die Kante der Fensterbank, hält sich seitlich am Rahmen fest und Dietmar führt erneut seine wirkungsvollen Stoßbewegungen fort. Sie schlingt ihre Beine um seine Hüften und gelangt so noch weiter mit dem Oberkörper aus dem Fenster hinaus. Seitlich blickt sie in die Tiefe, zieht sich erschrocken wieder zurück und will Didi gerade sagen, dass er sie nicht fallen lassen darf, da steckt er aber seine Zunge in ihren Mund und küsst sie raunend, während er schön weiterpumpt. Natalie hält dies nicht aus, sie muss ihren Kopf zurücknehmen und schreit voller Lust in den Nachthimmel.

»Jaaa genau, ja schrei nur, du geile Frau!« und er muss sich eingestehen, *dass Natalie echte Klasse für sich hatte. Sie wirkt zeitweise schüchtern und unerfahren, dann aber verblüfft sie wieder mit außergewöhnlicher Lockerheit und seinem Typ Frau entspricht sie auf alle Fälle.*

Didi packt Natalies Oberschenkel und stößt noch einige Male tief hinein.

Jetzt kann er kommen. Er ist dabei aber leise.

Schade, ist sie traurig, ein Leiser also – ich höre doch so gerne auch das männliche Geschlecht stöhnen ... Aber das werde ich ihm auch noch lernen! Es war doch heute das erste Mal – mal schauen, wie sich mein Fürst Didi entwickelt.

Sie trinken noch den Rest der zweiten Flasche aus, bevor sich Dietmar verabschiedet. Er schleicht sich im Stiegenhaus an der Wohnungstüre ihrer Eltern vorbei, um sodann auf seinem Drahtesel heim zu radeln.

Gegen Mittag kommt Natalie ins Erdgeschoß zu ihren Eltern. Familientreffen.

Da meint ihre Mutter: »Geht es dir eh gut?«

»Ja, warum?«

»Naja, dein Vater sagte, du seist krank. Er wollte nachts schon hoch zu dir, da er dich vor Schmerzen schreien gehört hat ...«

Natalie errötet und dennoch war die Freiluft-Aktion einzigartig. Zukünftig wird sie das Fenster wieder schließen und gleich kommende Woche kauft sie sich mehrere Flaschen Fürst Metternich nach sowie einen leistungsstarken Deckenventilator. Jawohl!

6
Picknick am Pichlingersee

Die ersten Frühlingsgelüste erwachen: Es ist schon so schön warm, dass sie die Picknickdecke aus dem Auto holen und sich ins frische Gras legen. Die Vögel zwitschern, der See glitzert, ein paar gute Häppchen und Tröpfchen, sie sind glücklich und die Sonne wärmt ihre Haut.

Bernadette spürt von Minute zu Minute immer größeres Verlangen nach Liebe in sich. Sie sieht in Alexanders Augen und verliert sich darin. Sie spürt seine zärtlichen Berührungen: sanft streicht er ihre erhitzte Haut entlang. Seine Küsse lassen sie aufseufzen. Sie will mehr – ja mehr – sie merkt, wie ihre Möse zuckt und nach Liebkosung verlangt. Fordernd nimmt sie seine Hand, führt diese zu ihrem Mund und saugt an seinem Daumen. Nun fährt sie mit ihrer kleinen Hand auf und ab, sieht ihn schmunzelnd an und da hört sie auch ihn aufseufzen. Er liebt ihre Geilheit, er ist so froh, dass sie immer und überall will, doch es sind viel zu viele Spaziergänger am See, sie können sich hier nicht gehen lassen …

Alexander streicht zwischen ihren Schenkeln empor und sucht sich die Mitte. Er drückt behutsam nach oben, fährt mit seiner Hand in die Leggings, unter den Slip und ist willkommen im Land der feuchten Gelüste. Bernadette lässt alles geschehen. Sie ist schon voll feucht und bebt vor Verlangen. Alex spielt geschickt mit seinen Fingern, umkreist die Klitoris und sucht auch den Weg ins Tiefe.
»Ja, das mag ich so … Ja, ja, tu das! … Oh mein Gott, ich könnte schreien …«
Eine zweite Wolldecke versteckt die zuckenden Hüften von Bernadette. Die Leute sehen zu ihnen herauf, sie ahnen vielleicht etwas, aber wissen tun sie es nicht. Bernadette ist ohnehin alles egal, sie genießt und stöhnt leise auf, immer wieder … und da kommt es ihr plötzlich ganz unerwartet, als Alex ihr den G-Punkt massiert.

Oh ja – das darf doch nicht wahr sein ... Sie, die 36jährige, die in ihrem Leben bisher fast nie einfach so ohne weiteres einen Orgasmus bekommen hat, die meist selbst Hand anlegte, den Vibrator zu Hilfe nahm, um den Gipfel der Erlösung zu erreichen, kommt heute einfach so nach ein paar Fingerfertigkeiten ... *Oh ja – das geht wirklich!* Sie muss lachen – sie lacht voller Freude, voller Glückseligkeit und kuschelt sich an ihren Liebling, der sie so toll verwöhnt hat.

Alexander flüstert ihr ins Ohr: »Du geiles Weib du!« und beide genießen nun wieder in der Löffelchenstellung die letzten Sonnenstrahlen ...

7
Cognac zum Bewerbungsgespräch

Dagmar lernte auf einem Sommerfest per Zufall Herrn Dipl.-Ing. Walter W. kennen. Da sie gerade auf Jobsuche war, nützte sie die Gelegenheit und versuchte einen guten Eindruck zu hinterlassen. Walter meinte, dass sie diverse Vorzüge mitbringe und doch nächste Woche zum Vorstellungsgespräch in seine Firma kommen soll.

Ein sehr heißer Tag ist heute und so wählt Dagmar einen kurzen, luftigen Sommerrock, dazu ein passendes Trägertop, das ihren Spitzen-BH etwas hervorblitzen lässt. Auf eine Halskette verzichtet sie, da die großen Ohrringe perfekt zur Hochsteckfrisur passen. In den hohen Schuhen kommen ihre doch etwas festeren Waden femininer zum Ausdruck. Ihren Schmollmund betont sie lediglich mit rosa-shiny Lipgloss.

Für 17:30 Uhr ist sie beordert und pünktlich stöckelt sie mit der Bewerbungsmappe zum Eingangsportal. Der Empfang ist nicht mehr besetzt, auch sonst ist kein Bediensteter mehr zu sehen. Sie erspäht das Türschild und ist beeindruckt, dass Walter tatsächlich der Geschäftsführer und Inhaber dieser großen Firma ist.
»Herein« hört sie eine tiefe Männerstimme, als sie kurz zweimal an die Tür klopfte.
Wow, Walter sieht ja unheimlich seriös aus, ganz anders als letztens im Freizeitlook, sind ihre ersten Gedanken. Doch seine lockere Art macht ihn gleich wieder sympathisch:
Er springt vom Ledersessel auf, kommt um den Tisch herum direkt auf sie zu und reicht ihr seine Hand zur Begrüßung. Sie erwidert und wird von ihm aber auch herbeigezogen – er drückt ihr links und rechts je einen Schmatz auf die Wangen.
»Schön, dass du da bist. Ich habe bereits auf dich gewartet.«
»Hallo Walter, danke für den Termin heute« und sie reicht ihm ihre

Bewerbungsunterlagen, doch er legt sie – ohne einen Blick darauf zu werfen – einfach zur Seite. Vielmehr wandert sein Blick über ihren Körper und sie vernimmt ein Schmunzeln in seinem kantigen Gesicht. Etwas verlegen zerrt sie an ihrem Rock – *hat sie vielleicht doch einen zu kurzen ausgewählt?*

»Magst einen Cognac?«

»Cognac?« wiederholt sie erstaunt, sieht ein verschmitztes Nicken und antwortet schließlich:»Ja gerne.«

Er deutet ihr einen Sitzplatz und platziert zwei korrekt bis zur Grenze eingeschenkte Cognac-Gläser auf den Besprechungstisch.

»Auf das Leben!« prostet er ihr zu.

Dagmar nippt am harten Getränk und bemüht sich, keine Grimasse zu schneiden. *Walter scheint Cognac gewöhnt zu sein ...*

»Welcher Job steht denn nun für mich zur Auswahl?« fragt sie interessiert.

»Für dich finde ich was – glaub mir, eine solche Schönheit muss ich einfach hier beschäftigen ...« und er berührt ihren Handrücken mit seinen schlanken, langen und perfekt manikürten Fingern.

Dagmar schwant Böses und doch würde sie gerne so einen mächtigen Boss bedienen ... *äh ... bedienen? – was geht ihr denn da im Kopf herum ...*

Walter umfasst ihre Hand, steht auf, zieht Dagmar zu sich hoch und lässt ihr wenig Platz – sie steht ihm so nah, dass sie seinen kräftigen Schluck von soeben riechen kann.

»Ich zeige dir erstmal unsere Produktion« und er geht mit ihr durch den Vorraum zur gegenüberliegenden Brandschutztüre, öffnet und lässt sie galant voranschreiten. Ihr Hinterteil wird gut durch den dünnen Rockstoff abgebildet und da kann er nicht anders, als ihr einen Klaps zu geben.

»Huch« schreit sie auf, dreht sich um und da er ihr aber ein wirklich wunderschönes Strahler-80-Lächeln präsentiert, muss auch sie zurück lächeln. Das deutet er als Freikarte ...

Nach einer kurzen Führung im Hallengelände – alle Arbeiter haben bereits Dienstschluss – schnappt er sie an den Hüften kurz bevor sie wieder zum Ausgang kommen, drückt sie zur Seite auf eine Werkbank und presst seine Lippen auf die ihren. So schnell kann sie gar nicht realisieren, was hier abgeht, spürt sie auch schon seine Zunge vorschnellen und die Situation ist derart geil, dass sie ihre Arme um seine breiten Schultern schwingt und ebenso ungeniert antwortet.

Ja, jetzt gehörst du mir, du kleine Schlampe, denkt er und fährt mit einer Hand rasch unter ihren Rock hoch zum Schritt.

Geübt ist er, gefallen tut er mir auch, also warum sollte ich mich zurückhalten? und dann verliert sie ihre Gedankensplitter, denn er fährt unter dem Slip mit seinem Zeigefinger das bereits feuchte Zentrum auf und ab. Es wird ihr heiß, ihre Muschi zuckt und als er mit dem Finger hineinstößt, schreit sie auf.

»Schön feucht bist du, so gehört sich das – diese Aufnahmeprüfung hast du schon bestanden«, flüstert er ihr ins Ohr und züngelt hinein. Da sie bereitwillig ihre Beine grätscht, ein Bein kann sie daneben auf eine Maschine stellen, führt er noch einen weiteren Finger hinzu und es schmatzt beim Fingerfick so richtig schön laut auf. Die Halle verstärkt auch ihr Stöhnen, was ihn nun aber zum Abbruch zwingt, denn seinen Ruf muss er doch wahren – die Nachbarsfirma, wo Tag- und Nachtschicht betrieben wird, ist nicht weit entfernt.

Im Büro retour trinken sie erneut Cognac, auch ein zweites Glas folgt.

Dagmar sitzt bereits seitlich auf seinem Schoß, eine Hand um seine Schulter gelegt. Sie küssen sich und mit der anderen Hand massiert sie seine ausgebeulte Stelle im Nadelstreif-Business-Anzug.

Ihm ist es hier zu unbequem. Er stößt sie weg, setzt sich in seinen ledernen Chefsessel, platziert seine Arme auf den Lehnen und meint trocken: »Zweiter Bewerbungstest.«

Dagmar legt sich ins Zeug: Sie zieht ihr Top und den BH hinunter – ihr fester Busen steht schön ab – und kommt auf ihn hüftschwingend zu. Vorgebeugt, sodass er schön ihre Brüste sehen kann, öffnet sie langsam seinen Gürtel, zieht den Reißverschluss hinunter und schält vorsichtig seinen hocherigierten Schwanz heraus. Am Schaft wird er zwar abgedrückt, *doch so groß ist sein bester Freund nicht – das hält er schon aus ...*

Sie neigt ihren Kopf und schnüffelt zuerst hörbar. »Hmmm, du riechst verführerisch gut!«

Er blickt sie erwartungsfroh an und schon schleckt sie über sein Teil. Da sie zu zögerlich vorgeht – und bekanntlich 'Zeit ist Geld' – drückt er ihr den Kopf nieder, als sie mit den Lippen an der Eichel spielt. Dabei streifen ihre Zähne und das braucht er auch, er mag es gerne härter.

»Gib es mir, fester – komm mach! Fester!«

Dagmar hatte bisher Männer, die es lieber sachte und langsam mochten, jetzt heißt es also umdenken und somit geht sie verschärft an die Sache. Ihre Ohrringe klimpern hin und her. Sie beißt von oben nach unten immer wieder zu, dann saugt sie so fest sie kann. Jetzt drückt er sie wieder grob drauf, sodass sie seinen Reißverschluss im Gesicht spürt, aber nicht zurückkann. Er lässt sie nicht mehr aus, sondern missbraucht ihren Rachen nun nach seinem Belieben. Immer fester und schroffer drückt er sie hinunter. Sie hat Mühe, ausreichend atmen zu können. Der Ledersessel knarrt.

»Ich komm gleich, trink es, trink alles – wehe du beschmutzt meine Hose!«

Das kann ich doch gar nicht. Ich hab keine Ahnung, wie das geht – das hab ich noch nie gemacht ..., protestiert sie innerlich.

Da spürt sie auch schon einen warmen Strahl in ihrem Rachen und glaubt zu ersticken, der zweite Stöhner wird mit dem Erguss in ihren Mund begleitet. Mit gefüllten Wangen und geweiteten Augen schluckt Dagmar wie befohlen.

Endlich lässt er ihren Kopf aus und sie schnappt hoch nach Luft. Ihr Kiefer tut weh und auch ihre Knie schmerzen – zu lange war sie in gehockter Position. Sie erschrickt, als sie Blutflecken auf seinem unteren Hemdansatz entdeckt.

»Was ist?« und erblickt ebenso die rote Beschmutzung. »So ein Mist! Das Hemd kann ich wegschmeißen! Oder glaubst, dass meine Frau es ohne Vermutung einfach wäscht ... Konntest du nicht aufpassen, du Dummchen!« flucht er.

Dagmars linkes Ohr schmerzt – also hiervon stammt das Blut.

»Selber schuld!« schreit sie zurück, schnappt ihre Handtasche und flieht aus dem Gebäude. Auf dem Nachhauseweg muss sie weinen. *Selber schuld, selber schuld,* geht es ihr immer wieder durch den Kopf und leider erkennt sie aber auch, dass doch mehrere Vorzeichen von Walter gesendet wurden. Also was hatte sie denn ernsthaft Seriöses zu erwarten ...

Eine Woche später erhält sie ein SMS und muss feststellen, wie dumm es war, ihm ihre Bewerbungsunterlagen mit der Handy-Nummer dort zu lassen.

Walter schreibt:

»Dagmar, könntest du dir einen gut bezahlten Job für 1 x wöchentlich um 17:30 Uhr für ca. eine halbe Stunde vorstellen? Sorry – zukünftig sorge ich für gefahrlose Arbeitsumstände.«

Job? 'Blowjob' meint er wohl, ärgert sich Dagmar und dennoch, sie hat in ihrem jungen Leben nun so einiges dazu gelernt …

8

Kleines Intermezzo: Umkleidekabine

Vor ein paar Tagen hat sie einen wunderbaren Mann kennengelernt – ihren Seelenverwandten. Seitdem träumt sie von ihm. Sie will schön und feminin sein, geht daher in letzter Zeit gerne shoppen.

Als sie gerade in einem Shop heiße Unterwäsche probiert, ruft er sie am Handy an:
»Hallo Schatz, wie geht's Dir? Was machst gerade?«
»Hallo mein Liebling! Tja, ich steh fast nackt in einer Umkleidekabine und probiere heiße Unterwäsche an … und das macht mich immer geil. Jetzt, wo ich auch noch deine Stimme höre, würd ich am liebsten …«
»Was würdest du gerne? Tu's – fahr dir mit deinem Finger tief hinein!«
»Okay, ja ich tu's. Oooh – ich bin ja schon so feucht, mich törnt das an.«
»Ja, mich auch – du geile Lady!«
»Mmmh – ich stell mir jetzt vor, DU wärst das – mmmh, mmmmmmh …«
»Ich liebe dich und freu mich schon so auf unser morgiges Treffen!«
»Jetzt schleck ich mir meinen Mutzisaft vom Finger ab – hörst das?«
»Ja! Du bist ein Wahnsinn!«
»Hoffentlich haben die hier keine Videokameras!?« »Ich freu mich auch schon so auf morgen, kann's kaum erwarten. Ich liebe dich!«
»Tschüss-baba«

Zuhause hat sie ihre erstandenen Einkäufe nochmals vorm Spiegel probiert und ihre Muschi ist immer noch feucht. Jetzt hält sie es aber nicht mehr aus. Sie legt sich ins Bett, holt ihren Vibrator hinzu und stellt sich vor, dies würde ihr Lover mit ihr machen. Schließlich wählt sie seine Handy-Nummer und stöhnt auf die Mailbox. Das irritiert aber so sehr, dass sie einen zweiten Anlauf nehmen muss. Mit dem Vibsi fährt sie hin und her, lässt ihn über ihre Klitoris kitzeln und nach einiger Zeit ist es soweit: *jetzt geht's, jetzt komm ich bald,* spürt sie. Das Handy haltend, fährt es ihr so richtig toll ein, sie stöhnt und es kommt ihr so tief, so gut – *ja, ja, jaaa, hmmm ...*

Jetzt hat auch er was davon ... Sie ist gespannt, was er zu ihrer außergewöhnlichen Mailbox-Nachricht sagen wird ...

9

Der 13. Stock

Gudrun duscht, cremt sich mit geschmeidigen Bewegungen ihren schlanken, graziösen Körper ein, ihre Zähne blitzen schön weiß. Sie trägt etwas Make-up auf, frisiert ihre langen Haare und streift die champagnerfarbenen, halterlosen Spitzenstrümpfe über – zuerst den linken, dann den rechten. Ihre brünetten Schamhaare bedeckt sie mit einem schwarz-durchsichtigen String, der passende BH dazu formt prachtvoll ihren Busen, dessen Spitzen sich bereits aufstellen. Sie wird ja so leicht geil, wenn sie sich vorm Spiegel in Gedanken an ihren Liebsten anzieht. Noch das neu gekaufte, schwarze Minikleid darüber, den hohen Reißverschluss zu und im Spiegelbild blickt ihr eine 34jährige, hübsche Dame entgegen: nicht nuttig, sondern feminin, anmutig und heiß, ja schon so heiß auf den heutigen Tag mit ihrem Lover …

Mit ihren hochhackigen, schwarzen Schuhen tritt sie ins Gaspedal und braust in die kleine, schöne Stadtwohnung. Ihr Geliebter erwartet sie bereits in einem tollen, beigefarbenen Sommeranzug. Sie spürt gleich die schöne, weiche Qualität des Stoffes. Dieser Mann weiß sich zu kleiden, aber nicht nur das …

Otto zieht seine Powerfrau gleich an sich und küsst sie leidenschaftlich. Ihre Lippen vibrieren voller Verlangen, ihre Zungen spielen miteinander und sie spürt seinen rasch dick gewordenen Freund in der Hose prangen. Otto raunt: »Endlich bist du da, ich warte schon auf dich, mein Schatz. Wo warst denn so lange?«

Sie konnte keine Antwort mehr geben, denn gleichzeitig fuhr er ihr mit seiner Hand unter das Kleid. Seine Finger suchen entlang ihrer Oberschenkel hoch ins Zentrum, ihr Slip ist schon durchnässt, so sehr will auch sie ihn. Als seine Finger sich unter den Stoff schieben und ihre Schamlippen berühren, schreit sie vor lauter Entzücken auf. Da schnappt er sie und führt sie zum Schlafzimmerbett. Schnell hat er sich ausgezogen, jetzt fällt auch ihr Kleid und … und … leider ist im Hinterkopf aber der Zeitdruck: »Herzerl, wir müssen in einer Viertelstunde schon beim Treffpunkt sein. Weißt du das?«

»Ja – leider! Dabei wäre auch nur ein Quicky so schön …«, antwortet sie trotzig.

Sie schaffen es, sich aufzuraffen und wieder anzuziehen.

»Das holen wir aber bald nach … und machen dort weiter, wo wir jetzt blöderweise aufhören mussten!« und er hält ihr auch schon die Wohnungstüre auf.

Trotz seiner rasanten Autofahrt entgeht ihm nicht, dass ihre Strumpfspitzen hervorblitzen. Ihr Kleid hatte sich etwas hochgeschoben, als sie sich auf den Beifahrersitz setzte.

»Du siehst atemberaubend aus«, sind seine Worte, als er ihr am Ziel angekommen aus dem Auto hilft.

»Dankeschön, mein Süßer!«

Händchenhaltend gehen sie in das große Gebäude, das aus Geschäften, Bürotrakts und Eigentumswohnungen besteht. Gudrun spürt bei jeder Bewegung, dass ihr Schritt schön feucht ist. Beide sind noch immer voll aufgewühlt und so stehen sie eng beieinander, wartend auf den Immobilienmakler mitten in der Einkaufshalle.

Gudrun plappert von ihren letzten Ereignissen, da sagt er ungeduldig zu ihr: »Küssen kannst mich jetzt nicht, oder?«

Er hatte noch gar nicht richtig ausgesprochen, klebt sie bereits mit ihren Lippen sanft auf den seinen, den Mund geöffnet und stößt ihre Zunge tief in ihn vor, nochmal, nochmal und nochmal. Es ist ihr egal, ob ihnen wer dabei zusieht oder sie erkannt werden. Beide sind sie jeweils noch liiert, doch die Scheidungen sind im Gange. Dann beherrscht Gudrun sich wieder – rundherum geht das öffentliche Treiben weiter seinen Lauf. Einige Männer drehen sich beim Vorbeigehen um, wollen sie doch nicht nur die langen Haare und Beine der auffälligen Lady von hinten sehen, sondern auch das zugehörige Gesicht. Enttäuscht dürften sie nicht gewesen sein, aber Gudrun sieht nur ihren Prinz und Otto nur seine Prinzessin. Sie geben wahrlich ein schönes Paar ab.

Der Makler kommt nicht, ist auch nicht erreichbar und so erkunden sie selber – wollen zumindest in das Stockwerk der zu erwerbenden Wohnung hochfahren und die Aussicht begutachten. Doch das Gebäude ist groß, hat viele Eingänge und Lifte. Sie fahren zuerst im falschen Lift nach oben und stehen in einem Bürotrakt, was sie jedoch nicht sonderlich stört, denn hier sind sie alleine. In einem menschenleeren Gang reiben sie ihre Körper aneinander und schmusen. Sie sind ja so aufgeheizt, ihre Augen verraten lodernde Leidenschaft. Da geht plötzlich eine Tür auf und sie schrecken auseinander, gehen, finden laut einer Beschreibung schließlich doch den Eingang zu den Wohneinheiten.

Mit dem Lift geht es hoch ins oberste Stockwerk. Hier ist aber keine Aussichtsmöglichkeit vorhanden – sieht also schlecht aus. Vorm Abwärtslift wartend, fasst Otto Gudrun nochmals unters Kleid und sie beginnt an seinem Gürtel zu fummeln …
»Nein nicht, hier könnte jederzeit wer kommen. Lass uns zurück zur vorher entdeckten Fluchtstiege gehen!« bittet er sie.
Durch zwei Glastüren um die Ecke gelangen sie ins Stiegenhaus. Gudrun stellt sich auf die erste Treppe, so kann er dann besser in sie eindringen. Denn das braucht sie jetzt unbedingt – nochmals einen Aufschub erträgt sie nicht. Otto schiebt ihr das Kleid hoch, streift den String zur Seite, öffnet seine Hose und holt seinen Prügel heraus. Jetzt dringt er in sie ein … er stößt nach oben und zieht sich wieder zurück, stößt wieder tief hinein und wird immer schneller.
Sie stöhnt auf: »Mein Gott, ist das guuut! Ein Wahnsinn – megageil!«
Nun bumst er sie von hinten, während sie sich am roten Stiegengeländer festhält. Er packt sie mit der einen Hand bei ihrer schmalen Taille und mit der anderen ergreift er ihre Haarmähne, zieht ihren Kopf zurück und stößt zu, stößt zu, stößt zu … Sie spürt ihn ja sooo gut. Sie möchte schreien, doch hält sich zurück, denn der schwere Atem hallt auch schon im 13. Stock das ganze Stiegenhaus hinunter. *Wenn nur niemand kommt ...*
Nach einiger Zeit dreht sie sich um und geht vor ihm in die Hocke, nimmt seinen Schwanz in die Hand, fährt einige Male auf und ab, nimmt ihn in den Mund und bewegt stöhnend – mit ihren Lippen liebkosend – seine Vorhaut vor und zurück, saugt gleichzeitig und umkreist seine Eichel mit ihrer Zungenspitze. Sie liebt das! Sein hocherigierter Penis ist geschaffen

zum Schlecken.

Da meint er: »Ich will nicht kommen, hab den hellen Anzug an, da sieht man dann sicher was …«

Gudrun beschwichtigt: »Ich schluck es eh'.«

»Aber er tränzelt ja immer nach …«

»Keine Angst – ich saug dich voll aus!«

Doch Otto hält es nicht aus, er will sie wieder bumsen …

Schließlich stellt sie sich erneut ihm zugewandt auf die erste Treppe hoch, ergreift ihn bei seinen muskulösen Oberarmen und er dringt nochmals in sie ein, packt sie an beiden Pobacken. Diesmal bewegt er sich langsamer, sanfter … und jetzt ist ihm alles egal, er raunt: »Jetzt komm ich … *(Wie narrisch gern hört sie diese Worte!)* … jetzt … jetzt … ja … aaahhh« und er spritzt ihr seinen geilen Saft tief in ihre Liebesgrotte.

Gudrun stöhnt, sie ist so glücklich, sie umarmt ihn, sie liebt ihn so sehr, sagt: »Ich liebe dich!«

»Und ich liebe dich! Uaaah, war das gut!«

Beiden schwanken die Beine, die Knie sind ganz weich. Mit Taschentüchern versuchen sie sein Sperma aufzufangen. Schwanger kann sie nicht werden, da er bereits eine Vasektomie vor mehreren Jahren durchführen ließ.

Das war vielleicht eine heiße Nummer im 13. Stock!

»Du bist eine geile Frau!« sagt er mit tiefer, fester Stimme.

Mit ihren blauen Augen blickt sie ihn stolz an und lächelt selbstbewusst. Sie denkt sich: *Ja – und du bist Derjenige, der mich so sein lässt …*

Da läutet ihr Handy: Ihr Gatte ruft an …

10
Reicher Professor

Nach jeder Kurve heult der Mercedes-Motor des neuesten Cabrio-Modells immer wieder laut auf. Gepresst in die roten Ledersitze des schwarzen Spielzeugs geht es rasant die Serpentinen zum Kitzsteinhorn hinauf. Die nach unten fahrenden Lenker deuten ihm den Vogel, doch er braucht das Feeling, schneller, besser und der Frauenheld schlechthin zu sein.

Oben am Parkplatz angekommen, öffnet Karl-Heinz seiner Begleitung galant die Türe. Sie stolzieren zum Aussichtspunkt mitten durch die Sonnenterrasse und ernten fragende Blicke der im Wanderoutfit gekleideten Touristen. Vivien fühlt sich wie ein Filmstar. Sicher geleitet im Arm des teuren Boss-Anzugs schreitet sie in ihrem kniefreien Kleid und den hochhakigen Stilettos stolz über den hölzernen Terrassenboden. In dem grünen Seidenkleid, das ihr Karl-Heinz vor einer Woche gekauft hat, sieht sie aus wie ein Top-Model aus der plakativen Mode-Werbung. Auch der grüne Saphirring glänzt schön in der Sonne und spiegelt sich in ihren grünen Augen wieder, die umringt von einem kupferfarbenen Modehaarschnitt magisch hervorstechen. »Meine wunderschöne, grüne Mamba«, bewunderte er sie heute Früh, als er sie vom Appartement abholte. Für manche Gefälligkeiten hie und da bezahlt er diese traumhafte Dachterrassen-Wohnung und somit kann sich Vivien gut auf ihr beinah abgeschlossenes Jus-Studium konzentrieren.

Bereits der dritte Tourist fotografiert dieses auffällige Pärchen, anstatt sich der schönen Landschaft zu bedienen. Dieser Schau entfliehen die beiden nun, rasen wieder den Berg hinunter, um schließlich erneut Aufsehen zu erregen, als sie im Gastgarten der berühmten »Rosi's Sonnbergstuben« einkehren. Auf einem Sonnenplatzerl – die coolen Sonnenbrillen heute noch kein einziges Mal abgesetzt – speisen beide zu Mittag, ein kühles Blondes stillt den ersten Durst.

Sie checken im besten Nobelhotel Kitzbühels ein und begeben sich sogleich in den eigens zum Zimmer zugehörigen Pool.

»Ach, ist das toll hier«, freut sich Vivien, macht ihrer Namensbedeutung Ehre und plantscht im Wasser, umkreist ihren vermögenden Gönner, strahlt übers ganze Gesicht und freut sich ihres aufregenden Lebens.

»Gerade diese quirlige Lebendigkeit liebe ich so an Dir, meine Schöne!« Er plaudert weiter: »Du erfreust mich immer wieder, du junges Ding. Fragst nichts, bist unkompliziert, nimmst und genießt einfach.«

Sie lächelt ihn an und sagt selbstbewusst: »Genau das tue ich! Ich liebe Luxus und du gibst ihn mir ...«

Er unterbrach sie: »Ich gebe dir jetzt gleich ganz was anderes. Komm lass uns hinein gehen! Ich bin scharf auf deinen Body – ich brauch dich jetzt!«

Das Zimmer entspricht exakt seinen Vorstellungen: Eine hohe Tür führt in den großen Raum, der mit alten Stilmöbeln und einem schwarzen Eisenbett ausstaffiert ist. Die roten, langen Vorhänge geben den mit Stuck umfassten Wänden den perfekten Touch. Draußen ist es noch hell und somit werfen die nunmehr zugezogenen Vorhänge eine erotische Stimmung in den Raum.

Als Vivien aus dem Bad kommt – sie zog die Schuluniform an, die Karl-Heinz ihr hingelegt hatte – ist er soeben mit der Positionierung seiner Videokamera fertig geworden.

»Herr Direktor«, sagt sie mit verstellter Mädchenstimme, »hier bin ich nun – zum Nachsitzen.« Sie stellt ein Bein seitlich und fährt sich mit dem Zeigefinger in den Mund, kreist zweimal, um wie mit einem Lolli ploppend dann wieder herauszuziehen.

Karl-Heinz freute sich schon die ganze Woche auf dieses Rollenspiel. Er steht nackt im Raum und spürt wie sich sein Penis zu regen beginnt.

»Du bist zu spät«, schimpft er vorwurfsvoll »und dein rechter Stutzen sitzt nicht korrekt.«

Vivien dreht ihm ihre Rückfront zu, bückt sich, um ihren Stutzen über die Wade hoch zu ziehen. Karl-Heinz kann ihr weißes Unterhöschen gut erkennen und schnellen Schrittes kommt er an Vivien heran, als sie sich gerade wieder aufrichtet. Er fasst ihr von hinten unter dem karierten Minirock auf eine Pobacke und drückt fest zu.

41

»Aber Herr Professor – bitte ich schreib gerne das 1x1 nieder, so oft sie wollen. Ich muss doch meine Strafe absitzen.«

»Ja, das musst du. Aber ich lehre dir die Mathematik in praktischer Umsetzung. Du wirst lernen, wie man richtig zählt«, kontert der Schuldirektor in spe.

Er packt seine Schülerin, wirft sie aufs Bett und stellt sich an den Matratzenrand mit seinem waagrecht abstehenden Schwanz. Vivien beugt sich etwas hoch, begutachtet sein Stück und stammelt ängstlich: »Ich bekomm doch jetzt nicht Prügel?«

»Doch!«

»Bitte nein, ich bin auch ganz brav. Ich mach im Unterricht keinen Blödsinn mehr. Ich verspreche es hoch und heilig, Herr Brotfresser – äh Professor!« und spuckt ihm beim Korrekturwort lachend auf den Bauch.

»Du unverschämte Göre!« und er packt ihren Schopf und schiebt seinen dicken Penis in ihren Rachen. Vivien beginnt zu saugen, schaut dabei hoch und erkennt, dass sie ihren Peiniger richtig bedient. Jetzt presst er sie – mit einer Hand am Hinterkopf drückend – ganz tief drauf, sodass er auch ihre Zähne zu spüren bekommt.

Gott sei Dank hat er einen kurzen Schwanz, ist Vivien erleichtert.

Als sie einmal kurz von ihm ablässt, um sich besser in Position zu bringen – denn sein runder Bauch steht im Weg – ergreift er jedoch die Situation und legt sich bequem auf das Bett. Vivien kommt in der 6-9er-Stellung über ihn und pumpt mit ihrem Mund seinen Dicken.

Sein Kopf verschwindet unter dem kurzen Faltenrock und er kann im Schritt des Höschens bereits nasse Flecken erkennen. Er schiebt den Stoff beiseite, steckt seinen Mittelfinger ins Zentrum und hört Vivien schmatzend wimmern. Das gefällt ihm und er wiederholt diese Bewegung immer wieder, bis sie mit dem Kopf hochfährt und »aaahhh« schreit.

»Weiter, weiter – hör nicht auf!« bittet sie und wird erhört.

Gleichzeitig wichst er heftig sein gutes Stück und spritzt ihr nach kurzer Zeit hoch ins Gesicht und teils trifft er auch fast ein Auge.

Vivien legt sich neben ihn und verwischt sich sein Sperma über ihre Haut. *Wie gern riech ich doch das Sperma,* denkt sie, *egal ob von Karl-Heinz, Detlef oder Wilhelm. Aber ja – das von Aloisius will sie nicht mehr haben, denn auf die paar Tröpfchen kann sie auch verzichten.*

Karl-Heinz reißt sie aus ihren Gedanken, denn er dreht sie herum und klatscht ihr mit der flachen Hand auf den Hintern.

»Du böse böse Schülerin«, schnaubt er, »hast du denn noch immer nicht gelernt, dass das Wichsen deine Aufgabe ist?«

»Öööhhh« antwortet sie belustigt und ist erstaunt, dass Karl-Heinz aber keine Miene verzieht.

Er bleibt beim ernsten Ausdruck und schlägt ihr immer wieder auf die gleiche Stelle. Zwischendurch benetzt er mit seinem Speichel seine Handinnenfläche und knallt erneut auf ihren Po.

»Los – du musst mitzählen!« fordert der Professor.

Brav zählt sie laut: »fünf, sechs … zwölf, dreizehn …, zwanzig …«.

»Du hast eine tüchtige Tracht Prügel verdient, weist du doch meinen Prügel nicht richtig zu schätzen!«

Vivien verspürt mittlerweile leichte Schmerzen und windet sich, dennoch kann sie nicht umhin zu verlauten: »Welchen Prügel?«

»Pah – jetzt bist du dran!« und er hebt sie in die Hundestellung hoch. Er streift sich rasch ein Präservativ über, führt seinen Knüppel in ihren Schlitz, umfasst mit einer Hand ihr Becken, mit der anderen Hand greift er hoch zum Nacken und würgt mit festem Griff etwas ihren Hals. Nun bumst er sie ohne Ermüdung, bis es auch ihr tief einfährt, während seine großen Glocken immer wieder an ihrer Pforte anschlagen.

Karl-Heinz bestellt das Abendessen aufs Zimmer – mit Champagner versteht sich. Beide genießen Shrimps-Cocktail, ein saftiges Steak & Co, während sie sich IHR Video ansehen. Der Professor meint: »Schau her, wie schön du zählen kannst – diese Lektion wirst du sicher nicht vergessen.« und beide müssen lachen.

Vivien erschrickt am nächsten Tag unter der Dusche, hat sich doch ein großer Bluterguss am Hintern gebildet.

»Du bist ein Grobian!« motzt sie. »Sieh dir an, was du gemacht hast!« und sie streckt ihm ihre bläulich gerötete Seite zur Ansicht.

»Oje meine Liebe, das mach ich natürlich wieder gut. Komm, wir fahren in die beste Boutique hier und dann kauf ich dir was Schönes.«

Mit verärgertem Ton folgert sie: »Da kannst du auch gleich ein Nonnen-kostüm kaufen, denn das nächste Mal streck ich dem Pastor die Glocken lang …«

11

Donnerwetter am See

Donnerwetter – diese heiße Frau werde ich auch noch flach legen, geht es Herbert durch den Kopf, als dieser rothaarige Fuchs im weichfließenden, weißen Sommerkleid wie ein Wirbelwind an ihm vorbei huscht.

Rita ist in Eile und bemerkt diesen attraktiven Jüngling diesmal nicht, der lässig an der Rezeption nach Ausflugtipps Ausschau hält. Doch die letzten Tage konnte sie auf dem Single-Ferienhof nicht umhin, laufend Herbert zu begegnen und nachts erlebte sie in ihren Träumen so manch sexuelles Verlangen nach ihm.

Obwohl er um einige Jahre jünger ist und aufgrund seines Charmes und sportlichen Figur schnell die hübschesten Mädchen um den Finger wickelt, liebäugelte er auch mit ihr und sparte nicht an Komplimenten.

Herbert geht der bezaubernde Anblick von Ritas Erscheinung nicht aus dem Sinn. Er hat heute heftig mit der Rezeptionistin, der Kellnerin, Daniela, Karla und Ilse geflirtet und muss aber abends unter der Dusche immer wieder an Rita denken. In Vorfreude, das rote Schamhaar baldigst zu erkunden, nimmt er seinen strammen Helden in die Hand und lässt Dampf ab, um danach einen Schlachtplan zu konzipieren.

So, morgen bist du fällig – rote Rita!

Es wird abermals ein wunderschöner Sonnentag vorhergesagt und Rita nickt Herbert beim Frühstück nur kurz ein eindeutiges JA zu. Sie hat heute Früh einen kleinen Zettel aufgefunden, den Herbert spätabends unter ihrer Tür durchgeschoben hatte. Verblüfft über diese Zeichenkunst – er hatte sie nackt in einem Cocktailglas skizziert – las sie seinen Vermerk auf der Rückseite:

»Hast du Lust, mich morgen zum Schwimmen zu begleiten? Ich würde mich sehr freuen – LG Herby«

Am See angekommen, finden sie rasch ein verstecktes Plätzchen, wo keiner Einsicht hat. Viele Segelboote kreuzen das Wasser, einige Badegäste, weit gestreut entfernt. Nach der Abkühlung im See trocknen sie ihre Körper liegend auf den großen Badetüchern, die Herbert flott am sonnenbeschienenen, sandigen Boden drapierte.

Herberts Penis muckt auf und so braucht es Ablenkung. Sitzend genehmigen sich beide nun Häppchen aus dem Picknickkorb – er war auf alles vorbereitet. Ein süßlicher Rotwein lockert die Stimmung. Sie berichten sich einiges aus deren Vergangenheit, das Verständnis zueinander wächst, auch entdecken sie viele Gemeinsamkeiten. Rita erkennt hinter dem Macho-Gehabe einen interessanten Mann.

Die körperliche Distanz hat sich von Glas zu Glas immer mehr verringert. Seine Hände streicheln über ihre erhitzte Haut, gleiten vom Oberarm zu ihren Hals und über ihren Nacken hinab zum Bikiniband. Langsam zieht er daran, während er ihr tief in die Augen blickt. *Kein Widerstand – schööön –* und ihre prallen Hügel prangen unter den viel zu kleinen Dreiecksstoffen hervor. Herby entfernt ihr das unnötige Stoffding und erwartungsfroh begutachtet er ihre Brüste.

»Du sonnst ja sonst eh immer ohne Oberteil«, stellt er fest.

»Ich mag keinen weißen Busen«, erklärt sie kurz und erkennt in seinen dunkelbraunen Augen Zustimmung.

Miammm, diesen schön gebräunten Busen muss ich gleich anfassen, denkt er. Zuerst massiert er sanft ihre Hügel – in jeder Hand einer, nähert sich ihrem leicht geöffneten Mund, aus dem leises Keuchen kommt, und aus dem zarten Spiel wird rasant ein festes, stürmisches Geschmuse. Ihre Brüste umfasst er fester, knetet sie und da sich ihre Warzen hart aufstellen, kann er diese öfters fest und doch vorsichtig zupfen. Als er Rita zurücklegen will, wehrt sie sich zuerst und gibt schließlich dem Druck nach. Er legt sich auf sie und küsst sie erneut. Rita schlingt ihre Arme um seinen breiten Oberkörper und genießt das warme Haut-an-Haut-Gefühl.

Doch ihr fester Vorsatz zum heutigen Date meldet ans Gehirn:

»Nur damit du es weißt«, stellt Rita klar, »ich werde heute sicher nicht mit dir schlafen!«

»Sicher nicht!« bekräftigt er ernst, dann zwinkert er mit einem Auge und schaut ihr schelmisch ins adrette Sommersprossengesicht.

»Nein echt nicht, Herbert. Du machst nämlich deinem Namen Ehre und beerst sie alle nach der Reihe her. Ich bin nicht so Eine!« kontert sie forsch.

»Ich tu nichts, was du nicht willst«, antwortet er lediglich und weiß selbstbewusst, *dass auch diese Frau ihn um MEHR bitten, nein sogar anflehen wird.*

Unbeirrt zieht er am linken Band des Bikini-Höschens und endlich kann er das rote Schamhaar schimmern sehen. Rita steht zu ihrer Haarfarbe, sie hat ein schönes Rechteck rasiert und im Sonnenlicht kommt ihre Naturfarbe noch besser zur Geltung.

»Du schöner roter Fuchs.« Herby begibt sich hinab mit seinem Kopf zwischen ihre Beine und kitzelt mit seinem Zeige- und Mittelfinger ihre Knospe größer. Jetzt schleckt er darüber und freut sich über ihren Aufschrei. Schön nass ist sie bereits – kein Wunder, denn Herbert versteht sein Handwerk.

Leider kämpft jedoch ihr Verstand mit dem geilen Gefühl und wieder meint sie:

»Nein, echt – ich mein es ernst. Hör auf! Hör auf! Nein … nein – hör NICHT auf …«

»Hahaha« lacht er. »Ja, ich bin ja da. Ich verhelfe dir zum Höhepunkt. Lass dich einfach gehen, genieße und lass mich nur machen.«

Ritas Körper beginnt zu zucken und mit den Armen schlägt sie seitlich auf das Badetuch. Immer wieder hebt sie ihr Becken und sehnt sich nach Füllung.

Herbert versteht diese Einladung, zieht seine Badehose aus und flugs hat er sich auch schon ein Kondom übergerollt. Er führt seinen Mast ins Boot und beginnt auf und ab zu segeln.

Rita ist so geil und es wird noch steiler, denn plötzlich kommt heftiger Wind auf. Sie hören den Wind durchs hohe Gras und die Büsche blasen, vernehmen in weiter Ferne ein Donnergrollen. Herbert muss sich beeilen, denn ein Sommergewitter naht in schnellen Schritten. Bereits erste dicke Tropfen peitschen auf sie hernieder und Herby gibt, was er kann. Rita stöhnt dem windigen Getöse hinzu. Man hört mittlerweile schweren

Regen auf die Wasserfläche prasseln. Wellen preschen ans Ufer und der dunkle Himmel hat eine beinahe beängstigende Stimmung erreicht. Während Herbert weiterfickt, schreckt Rita hoch, denn sie sieht in der Ferne Blitze herabrasen. Genauso wie ein Blitz fühlt sie seinen prallen Schwanz in ihrem Ritz. Er bzw. es fährt ihr immer wieder ein und die Wetterstimmung – es hagelt inzwischen kleine Körner – lässt ihren Orgasmus zum Inferno werden.

Uff – endlich, ist Herbert erleichtert. Er zieht raus, springt hoch, fasst Ritas Hand und läuft mit seinem benommenen roten Fuchs Richtung Auto. Beide sind pitschnass und frösteln. Sie sind froh, im Auto ein geschütztes Klima vorzufinden. Die Scheiben laufen an, das Gewitter ist nun direkt über ihnen und das Autodach dröhnt.

Rita ist noch immer voll geil. Sie beugt sich zu ihrem Sunny-Boy, küsst ihn, nimmt seinen erschlafften Schwanz in ihre kleine Hand und schiebt seine Vorhaut einige Male vor und zurück. Am Rücksitz haben beide ausreichend Platz und Rita kann sich bequem runterbeugen und fest saugend wieder einen harten Penis zaubern.
»Ja, das kannst du richtig gut. Hattest wohl einen guten Lehrmeister«, bemerkt er kurz und Rita lächelt zufrieden.
»Leg dich hin!« verlangt er von ihr.
Er biegt seiner gelenkiger Füchsin die Beine hoch, sodass sie sie am Innendach abstützen kann. Jetzt ist ihm ihr ganzer Schambereich ausgeliefert. Er fährt mit seinem Schwanz in ihre Scheide und beim Rückzug lässt ihr heraustriefender Saft ihm ihren Anus schön entgegen glänzen, sodass er sinniert:
Na, das probier ich jetzt einfach. Mal schauen, wie »offen« sie ist.
Er fährt ihr nun hinten rein und sie winselt. Jedoch vernimmt er keine schmerzlichen Laute, sondern auch jetzt, wo er pumpt als wäre er im Vordereingang, kommt nur geiles Bejahen zurück.
»Jaaa – aaahhh – jaaa« und sie wird immer lauter, flippt voll aus.
Auch Herby schreit nun mit ihr mit und spitzt in ihren Allerwärtesten.

So ein geiler Arsch aber auch, denkt er nun entspannt neben ihr und meint mit überraschtem Tonfall, während er ihr ein trockenes Handtuch reicht: »Also du bist echt der Hammer. Lässt dich einfach hinten ficken, als wäre es ganz natürlich für dich.«

»Tja – uns Rothaarige darf man eben nicht unterschätzen«, kontert sie lässig. »Ich liebe Sex und bin für fast alles aufgeschlossen.«

»Ja bist du, das konnte ich heute feststellen. Dich möchte ich wirklich näher kennenlernen. Du faszinierst mich und bist nicht nur äußerlich eine Wucht.«

Zwar hatte Rita ihren festen Vorsatz nicht lange aufrechterhalten, doch die überirdischen Gefühle heute waren es allemal wert. Aber fast zweifelt sie, *ob eine höhere Macht – also der Sturm – sie nun zusammenführte oder dieser eher seinen Zorn über ihre Nachgiebigkeit zollte.*
Herbert riss sie aus ihren Gedanken: »Komm, die Sonne scheint erneut – wir können jetzt wieder Schwimmen gehen.«

Sie schlittern den durchnässten Boden wieder zum See hinunter. Fast alle Menschen sind weg. Solch ein Glück, denn leise waren beide nicht gerade. Beim Nacktbaden im See wird Rita wieder richtig sauber und sie spürt eine immense Lebensfreude und Freiheit. Sie schwimmt weit hinaus und beim Retourschwimmen sieht sie Herbert an Land gehen.
Er hat ja echt einen tollen Körper und Gott sei Dank ist er auch gut bestückt. Und wo sie gerade den lieben Gott erwähnt: Bitte bitte lass ihn gesund sein – Aids oder dergleichen soll uns verschont bleiben ...
Vielleicht durfte ich mit Herbert nicht nur einen irre geilen Tag am See erleben. Vielleicht bin ich jene Frau, die er unter dem vielen Angebot immer gesucht hat. Vielleicht wird er mein optimaler Lebenspartner ...

12

Dominantes Aufgebot

Heute kommt er endlich wieder heim! Dominique kann das Wiedersehen schon gar nicht mehr erwarten. Ihr Liebster ist mit seinem Kumpel Günther auf einer Radtour in der Toskana.

Gestern hatte Paul sie endlich angerufen:
»Hallo Schatz, es geht uns gut. Du, es ist hier so unbeschreiblich schön«, beginnt er zu schwärmen, und dazwischen ruft Günther drein:
»Jaaa – und auch die Frauen sind hier sooo schön.«
Unbeirrt führt Paul aus: »Wir haben gestern einen voll guten Rotwein getrunken.«
Günther wieder: »Drei Flaschen haben wir Vier geleert.«
»Hey Günther, lass den Quatsch!« schimpft Paul.
Dominique schnaubt ins Telefon: »Ach – wir Vier?«
»Demi« – wie Paul seine Freundin liebevoll nennt, seit sie ebenso reizvoll wie Demi Moore einen Erotiktanz für ihr vorführte, als der Kinofilm »Striptease« herauskam – »du bist meine Einzige, das weißt du doch. Ich möchte bald mit dir in diese schöne Gegend auf Urlaub fahren und dann laden wir uns gleich mehrere Weinkartons ins Auto ein.«

Dominique entschied sich aufgrund des fraglichen Freilaufs der beiden Männer heute in der Sexboutique nicht für das rosa Seidenkleidchen, sondern kaufte einen schwarzen Lederbody, schwarze Lederstiefel und eine schwarze Langhaar-Perücke. Ihre Reitgerte – sie ist eine leidenschaftliche Reiterin – wird noch den letzten Schliff dazu bringen. *Na warte nur Paul, wenn du nach Hause kommst. Heute Abend gibt es Hiebe statt Liebe. Dir werd ich's zeigen und dir ordentlich einen geigen ....,* fieberte sie bei der Heimfahrt.

Während sie sich zurecht macht, spürt sie Erregung in ihr hochsteigen.

Nervös schnürt sie sich die Lederstiefel und ärgert sich, dass sie nicht einfach welche mit Reißverschluss gewählt hat. Aber ja, das Ergebnis kann sich sehen lassen: diese durchgehende Schnürung bis zum Oberschenkel, wo das Strumpfband folgt, sieht echt heiß aus. Mit der Perücke und entsprechend dunkel geschminkt, ist sie nunmehr eine völlig neue Person. Sie öffnet beide Reißverschlüsse am Oberteil ihres Bodys, sodass ihre Brüste dazwischen hervorquellen. Im großen Wandspiegel begutachtet sie sich: »Wow – ich sehe ja echt geil aus!« sagt sie laut zu ihrem Spiegelbild und streichelt über ihre Brustspitzen, kneift sich die schon aufgestellten Warzen noch größer und begibt sich nun über die Stufen hinauf in den »lila Salon«. Das ist ein leerstehender Raum, in dem sie nur eine alte Couch gestellt haben. Diese deckte sie damals mit lilafarbenen Decken ab und von daher entstand spaßhalber die Bezeichnung des Raumes. Die Atmosphäre hier passt perfekt zu ihrem Vorhaben. Sie entzündet rundherum viele schwarze Kerzen, stellt Sektkühler und Gläser bereit. Sie nimmt einen kräftigen Schluck direkt aus der Flasche und legt sich erwartungsvoll auf die Couch.

Paul öffnet die Haustüre und findet einen Zettel am Boden, auf dem steht:
»Folge den Spuren empor und trete ein ins Höllentor ...«
Beim Treppenansatz liegt eine Werkzeugfeile, einige Stufen oberhalb eine Kneifzange und auf der letzten Stufe eine Küchen-Metallreibe sowie ein Schnitzelklopfer. Paul ist verwirrt, er hört Enya-Musik aus dem lila Salon und bemerkt an der Türschnalle einen roten Lederslip hängen. Sein Penis regt sich und beginnt sich aufzurichten. Er holt einmal tief Luft, drückt die Schnalle hinunter und kommt zögerlich in den Raum, der ihn sogleich mystisch einnimmt.

Erschrocken zuckt sein Oberkörper zurück, als er eine Domina auf der Couch liegen sieht. Er bleibt erstarrt stehen und ruft zu ihr hinüber:
»Was ... was machen SIE hier? Wo ist Demi?«
Dominique steht auf und stolziert in ihren hohen Stiefeln (so hohe trug sie noch nie – *jetzt bloß nicht hinfallen!*) auf Paul zu.
»Demi? – das bist du?« und fassungslos lässt er den roten Slip aus seinen Händen zu Boden fallen.

51

Mit schriller, vorwurfsvoller Stimme sagt sie: »Jetzt bist du endlich da! Herumtreiber!«

Er kichert kurz.

»Waaas – du wagst es zu lachen? Na warte« und sie zieht ihm mit ihrer Reitgerte einen heftigen Schlag über den Oberschenkel, sodass er aufschreit: »Aua!«

Sie verspürt Freude über den gelungenen Hieb und muss sich aber sogleich wieder zusammenreißen, denn ihre geplante Show will sie heute durchziehen.

»Los – Ausziehen!« fordert sie schroff.

Pauls Augen sind geweitet, sein Mund steht leicht offen – er kann es gar nicht fassen, welch tolle Überraschung seine Demi heute für ihr hat.

»Mach schon - beeil dich! Ich hab nicht die ganze Nacht Zeit. Ich muss auch noch zu einem anderen Kunden – glaubst du denn, du bist der Einzige?«

Schnell entledigt sich Paul nun seiner Klamotten und sinniert, *ob seine Demi denn ein Doppelleben führt und er nie was bemerkte? Aber nein, sicher nicht ... oder?*

Dominique lässt nochmals ihre Gerte knallen, als er sich bückt, um seine Socken auszuziehen. *Na, wenn er mir schon so verführerisch seinen Arsch zeigt,* ist sie in verhaltener Fassade belustigt.

»Zieh jetzt den roten Slip an, Sklave!«

Paul hat Schwierigkeiten seinen strammen Schwanz in das kleine Lederne zu bekommen.

»Jetzt knie nieder – Paulchen Panther – und kriech schön auf deinen Vieren zur Couch!«

WIR VIER geht es ihr wieder durch den Kopf.

Sie setzt sich breitgegrätscht auf die Couch und ihr roter Schambereich wölbt sich etwas aus dem Schlitz im Schritt.

»Halt!« schreit sie, als er auch auf die Couch hoch will. »Habe ich etwas vom Aufstehen oder Hinsetzen gesagt?«

Paul winselt ihr ein »Wuff« zu und bereut jedoch sogleich seine vorwitzige Forschheit.

Rasch hebt sie ihr linkes Bein und drückt ihn mit der Stiefelsohle an der Schulter zurück.

»Verzeih mir, Herrin« – das Spiel gefällt ihm – »sag mir bitte, was ich tun soll.«

»Ja, endlich hast du verstanden, wer hier das Sagen hat«, äußert sie zufrieden.

Am Boden steht ein silberner Hundenapf, der mit gelber Flüssigkeit gefüllt ist.

»Du bist jetzt sehr durstig. Also trink aus dem Napf!«

Paul beugt sich etwas über den Napf nach vorne und riecht am Inhalt. *Oh, das ist ja wirklich Urin ...*

Vorsichtig setzt Demi ihren hohen Stiefelabsatz auf den roten Lederslip und drückt den Panther vor in den Napf, sodass er mit der Nase eintaucht.

»Du liebst doch warmen Natursekt – also trink!« und sie steht voll im Genuss, als Paulchen Panther wie ein Hund mit der Zunge zu sabbern beginnt.

»Herrin, ich hab genug getrunken, ich brauche bitte frisches Wasser. Bitte bitte darf ich jetzt an deiner Möse naschen?«

»Ja, weil du so brav folgegeleistet hast, kannst du dir nun deine Nachspeise an mir holen« und sie rutscht mit ihrem Gesäß zur Kante nach vorne, spreizt die Beine. Paul mimt eine Sphinx nach und bedient nun seine Domina mit zuerst sachtem, dann saugendem Zungenspiel.

»Brav – so ist es richtig«, bestärkt sie seine Aktion, »so ein gutes Leckerli.«

Doch das war zu viel – beide müssen laut auflachen. Der harte Domina-Ausdruck weicht, ihre weißen Zähne blitzen zwischen den schwarzen Lippen hervor. Ihre Schauspielkunst schwächelt, dennoch ist sie stolz auf sich – ist dies heute doch ihr erster Domina-Akt.

Paul setzt sich neben Demi, schleckt ihre linke Brustwarze, beißt leicht hinein und gleitet dann über den Hals auf ihren Mund zu. Beide küssen sich innig, der schwarze Lippenstift verschmiert und Demi sieht jetzt beinahe einem Zombie gleich.

Paul ist so irre geil. Er erfasst ihre Schultern und drückt seine Demi in Liegeposition, legt sich auf sie und spürt einen abstehenden Reißverschluss-Zipp sowie Stiefelhaken in sein Fleisch drücken. *Interessant, dass er bisher noch nie entdeckt hat, dass ihn Schmerz – o.k., leichter Schmerz – geil macht. Seine Freundin bringt doch auch alles fertig. Sie ist eine so außergewöhnliche Frau, versteht das Leben zu genießen* und er sagt zu ihr mit fester Stimme:

»Ich liebe dich! Ich liebe dich so sehr und du hast mir die letzte Woche irrsinnig gefehlt. Ich lass dich nicht mehr alleine – wir gehören zusammen!«

Sie antwortet mit freudig glänzenden Augen: »Ich liebe dich auch von ganzem Herzen – mit und ohne Schmerzen. Umringt im Kreise der hundert Kerzen frag ich dich nun …

Was kommt jetzt? – dröhnt es durch seinen Kopf.

»Reichst du mir bitte den Sekt. Ich bin ganz trocken.« flüstert sie lediglich.

»Trocken bist du wahrlich nicht. Du triefst ja förmlich …«, antwortet er, als er ihr das Glas reicht, sich selber auch eines nimmt und sie stoßen auf das Wiedervereintsein an. Diesmal mit echtem Sekt.

Beide entkleiden sich, Dominique säubert ihr Gesicht und setzt auch ihre Perücke ab, kann jetzt ihre blonde Mähne wieder freigeben.

Der lederne Duft – kombiniert mit erotischem Schweiß – löst neue Schauer aus.

Demi lässt sich auf Pauls steifen Schwanz langsam niedersinken und bewegt leicht kreisend ihr Becken. Ihr Blick schweift kurz durch den Raum und sie bückt sich, kann eine nahestehende Kerze erreichen, die sie nun vorsichtig über Pauls Bauch hält. Der helle Schein lässt ihr Engelsgesicht in keiner Weise mehr an die Domina von vorhin erinnern.

Wahnsinn, wie sehr meine Demi wandelbar ist. Wahnsinn, wie sehr sie mich aufreizt – es gibt keine bessere Frau für mich, das ist Paul nun ganz klar geworden.

Demi kippt die Kerze und Wachs tropft auf Pauls Bauch. Schwarzes Wachs. Geil und heiß. Er genießt die kurzweiligen Qualen.

»Ist gar nicht so schlimm«, sagt er zu ihr und lockt auch sie zum Erproben.

Sie liegt bequem auf dem Rücken und Paul beträufelt ihren Busen mit dem heißen Wachs. Beide fühlen sich von der Stimmung berauscht und er bumst sie nun richtig fest durch.

»Ah, ah, aaah« keucht sie leise und ihre Scheide beginnt kräftig zu zucken. Paul ist auch soweit – er spritzt ihr eine volle Ladung hinein, stöhnt mit ihr synchron mit, bis er dann auf ihrem Körper und den Wachsstellen landet.

Nach der Erholungsphase will sich Paul erheben und Demi schreit auf: »Auuu«, denn das Wachs hat beide miteinander verklebt. Paul verliert bei der ruckartigen Lösung sogar vereinzelt Brusthaare, sodass auch er ein wenig jammert und aber zugleich wieder an seine neu entdeckte Leidenschaft erinnert wird.

»Demi, ich muss dir was sagen.«

»Ja?« schaut sie etwas ängstlich zu ihm. *Er wird doch nicht doch eine Italienerin gevögelt haben?*

Aber es folgt seine erlösende Ansprache: »Also, das was du heute mit mir gemacht hast, hat mich scharf gemacht. Ich steh echt drauf. Glaubst, dass wir das mal wiederholen können?«

Erleichtert antwortet sie, ohne überlegen zu müssen: »Paulchen Panther, ich werde dir das Fürchten lehren, ich werde dir den Hintern versohlen und dich flehend zu Boden treten. Kannst alles haben, denn es hat auch mir viel Spaß bereitet. Ich bin dir dankbar für alles, was wir bisher ausprobiert haben. Es wird nie fad mit dir. Du kennst mich als sehr abwechslungsreiche Lady, ich bin neugierig, ich bin heiß und ich bin vor allem sooo geil auf dich. Du bist die Liebe meines Lebens!«

Paul ist überglücklich. »Demi – meine Traumfrau, lass uns bitte immer so offen sein und über alles reden.« Er schluckt kurz, sieht ihr zustimmendes Nicken und nach einer kleinen Pause fragt er sie, tief in ihre Augen blickend: »Willst du mich heiraten?«

13
Der Herr der Ringe

Seit sie die Filmtrilogie 'Herr der Ringe' gesehen haben, nennen sie sich zumeist Arwen und Aragorn. Es ist sogar Ähnlichkeit mit den Schauspielern gegeben – zumindest was die Haare betrifft: beide haben dunkles, langes Haar und er trägt einen gepflegten Bart.

Heute fahren sie zur 'Hohen Wand' in Niederösterreich, um ein wenig zu klettern. Es ist warm und sonnig, die klare Luft bietet einen wunderbaren Weitblick. Aragorn erfreut sich auch an dem Anblick des apfelförmigen Hinterteils seiner Freundin, denn allzu gerne überlässt er ihr den Vortritt. Das idyllische 'Kartischstüberl' – eine Felseinbuchtung mit traumhafter Aussicht – bietet ihnen kurz Rast, um sich etwas zu stärken. Als Arwen genüsslich ins Wurstbrot beißt, erblickt sie eine Ruine.
»Schau, mein kleiner Hobbit, da drüben ist deine Heimat«, neckt sie ihn kichernd.
»Ich bin der rechtmäßige Thronfolger von Gondor – der groooße Aragorn!« schnaubt er zurück. »Ich werde dir 'Den Einen Ring' wieder abnehmen, wenn du mich nochmals Hobbit nennst! Und klein bin ich wahrlich nicht!«
»Meeein Ring, meeein Eigen, mein Schaattzz!« krächzt sie gleich dem Fabelwesen Gollum und beide müssen lachen. Sie beschwichtigt nun aber: »Verzeihung, tollkühner Lord! Was haltet ihr davon, die königliche Maid sicher zur Ruine zu geleiten, sobald wir wieder das Tal erreicht haben?«
Das vergnügliche Spiel wird durch weitere Bergbesteiger unterbrochen und somit beschließen sie, Platz zu machen und weiter zu klettern.

Arwen schwelgt in Erinnerung:
Mit 'Den Einen Ring' meinte er den Verlobungsring, den er ihr erst vor einer Woche ansteckte. Es war der besondere Bezug beider zu 'Herr der Ringe'. Einen besseren, schöneren Ring hätte er nicht wählen können.

Es war sooo romantisch …

Er machte ihr den Antrag abends nach einem köstlichen Mahl, das er aufkochte. Den Esstisch hatte er mit silbernen Kerzenleuchtern, bemoosten Deko-Steinen und schillernden Glaskugeln ausstaffiert. Während er alles zubereitete, durfte sie sich in der Badewanne entspannen und das in einem großen Geschenkkarton bereitgelegte Kleid sodann anziehen. Sie frohlockte so sehr, als sie es aus der Schachtel nahm. Es war einfach traumhaft – ganz genauso, wie es Arwen im Film trägt. Das lange, weiße Kleid mit den weiten Ärmeln stand ihr ausgezeichnet. Im Badspiegel bewunderte sie sich und durfte dann zum ebenso in Robe geworfenen Aragorn in das Speisezimmer eintreten, wo bereits die geliebte Filmmusik ertönte. Nach dem Festmahl kniete er nieder, öffnete ihr zugeneigt die Ringschatulle und bat um ihre Hand.

Es stiegen ihr Tränen voller Glückseligkeit hoch und freudig schluchzend antwortete sie: »Ja, das will ich. Ich will dich und nur dich!«

Jetzt bekam auch er feuchte Augen, blieb aber noch kniend am Boden, entnahm den Ring und steckte ihn seiner 'Halbelbe' zittrig an den linken Ringfinger. Sodann küssten sie sich innig und sehr lange.

Arwen entdeckte in der Schatulle einen zusammengefalteten Zettel, auf dem eine deutsche Übersetzung der Inschrift des Ringes vom Schicksalsberg stand:

Ein Ring, sie zu knechten, sie alle zu finden,
ins Dunkel zu treiben und ewig zu binden.

Bevor sie die rückseitige Notiz lesen konnte, entnahm ihr Aragorn den Zettel.

»Meine liebe Arwen«, begann er, »ich habe die Inschrift für uns umgeschrieben und finde, dass es eine gute Idee wäre, wenn unsere Eheringe sodann diese Gravur beinhalten.«

Er las ihr seinen verfassten Zweizeiler vor:

Ein Ring, der unsere wahrhaftige Liebe meint,
die ewiglich unsere Herzen und Seelen vereint.

Daraufhin rannen ihnen Tränen übers Gesicht, beide empfanden sooo tiefes Herzgefühl zueinander. Es war einfach irre schön!

So, jetzt sind sie am Gipfel angekommen. Sie sehen den tollkühnen

Gleitschirmfliegern zu, empfinden Freiheit und Leichtigkeit. Nach dem Abendessen im 'Kohlröserlhaus' vergehen sie sich beim Rückweg.

»Leise!« sagt Aragorn. »Da vorne sind lauter Steinböcke.«

»Maaah, so nah hab ich die ja noch nie gesehen«, flüstert sie.

Als sie zum Auto kommen, ziehen sie sich um, denn am Abend steht noch ein Theater einer Laiengruppe in der Nähe auf dem Programm. Arwen schlüpft in ihr batikbedrucktes Spaghettiträger-Kleid – eines ihrer Lieblingsstücke – und Aragorn hält inzwischen Wache. Im Blickwinkel vernimmt er freudig, dass sie wieder einmal keine Unterwäsche darunter anzieht.

Auf der Rückfahrt erspähen sie die Ruine und da noch Zeit bleibt, halten sie an und besteigen diese.

»Wow, das war ja mal eine tolle, große Burg«, folgert Aragorn.

»Ja, echt geil ... und schau dir diese Aussicht an!« und sie deutet Richtung Sonnenuntergang.

Eng aneinander geschmiegt – Arwens Körper fühlt sich unter dem dünnen Stoff extrem verführerisch an – genießen sie die letzten Sonnenstrahlen. Der Himmel verfärbt sich orange und lila und dann wird es schnell dämmrig. Zärtlich streicht der Lord seiner Elbe eine Haarsträhne aus dem Gesicht und küsst sie auf die Stirn, dann auf ihr Nasenspitzerl und schließlich auf die Lippen.

Fordernd stößt sie mit ihrer Zunge vor und streicht mit einer Hand seine Rückenpartie streng hinab. Sie drückt ihr Becken an ihn und spürt bereits seinen Dolch durch die Sommerhose.

»Hmmm, du kleine Hexe verzauberst mich«, stöhnt er und gleitet unter dem weiten Rock zwischen ihren Schenkeln hoch.

Sie fährt ihm vorne mit ihrer Hand hinein, um seinen Dolch vorsichtig auf die Klingenschärfe zu überprüfen. Schön hitzig ist es in seiner Behausung und vor allem bereits viel zu eng. Als sie seine Hose öffnen will, erfasst er jedoch ihre Hand:

»Lass uns zum Eingangsportal gehen, da sind uneinsichtige Mauern.«

Sie gehen durch den halben Türrahmen in eine ehemals erkennbare Kapelle, an dessen Ende ein schwerer Steinblock steht, der einem Altar ähnelt. Dahinter befindet sich eine freie Fensterstelle, durch die der heutige Vollmond bereits erkennbar ist. Sie küssen sich und sind leicht fröstelnd erregt. Hand in Hand schreiten sie vor zum Altar, vorbei an einem jungen Baum, der sich seinen Weg durch die steinerne Landschaft fand. Es raschelt.

Aragorn springt auf den Steinblock und mimt eine Heldenfigur nach. Schnell macht Arwen ein Foto – diese Szene will sie festhalten. Das Blitzlicht verursacht erneutes Rascheln. Erschreckt dreht sie sich um und sieht, wie sich eine aufgescheuchte Fledermaus aus dem Baum erhebt und quer über ihre Köpfe hinweg fliegt. Ihr Aufschrei lässt Aragorn runterspringen und beschützend nimmt er seine Arwen in die Arme.

Mittlerweile ist es schon ziemlich dunkel geworden, der Mond spendet aber ausreichenden Schein. Es sieht hier nun richtig mystisch aus, der Mond ist schön groß und hat eine leicht rötliche Färbung angenommen. Seine Lichtquelle strahlt jetzt von oben in die offene Ruine und lässt den Steinblock weiß-rötlich wirken. Der Gedanke an einen steinernen Opfertisch kommt auf. Die Stimmung wechselt zwischen erotischer Erregung und Unheimlichkeit.

»Hab keine Angst – ich bin ja da!« Sanft gleitet sein Handrücken von ihrer Wange über das Kinn hinab zum Hals, den er nun umfasst und leicht herbeizieht, um seine Lippen auf die ihren zu setzen. Jede Berührung verspüren sie hochintensiv, die kühle Sommerluft und das Ambiente rundherum erschaffen eine angespannte Sinnlichkeit. Er zieht sein Hemd aus, um es ihr wärmend um die nackten Schultern zu drapieren, jedoch fällt es ab und landet auf dem Tisch. Er schnappt sie an den Hüften und setzt sie auf das Hemd. Ihren Rock rafft er hoch, drückt sanft ihre Beine auseinander und liebkost ihr Zentrum mit gelernter Perfektion. Leise stöhnt sie in die Nacht und bittet ihn schließlich, sie hier zu nehmen. Als er sich in ihr rhythmisch bewegt und seine Augen schließt, legt sie sich auf den kalten und harten Untergrund zurück und breitet ihre Arme zu Seite. Mit ihren Beinen umschlingt sie nun seine Schultern und er fügt sich ihrem Füße-Klimmzug an Geschwindigkeit an.

»Ja, jaaa – gib mir deinen Dolch!»

Er öffnet wieder seine Augen, sieht seine Elbe wie eine Opfergabe am Altar liegen und als jetzt auch noch ein Waldkauz ruft, lassen ihn seine Gedanken erschauern. Auf seine Brust legt sich ein beklemmendes Gefühl und er spürt, dass seine Erregung rasant abnimmt.

»Komm, lass uns gehen!« und er zieht sich seine Hose rauf, während sie sich widerwillig aufsetzt.

»*Schade*« wispert sie, »ich hätte mich gerade so schön hingegeben.«

Er hilft ihr vom Tisch herunter. »Wer weiß, was hier alles schon passiert ist ...«

Zur Theateraufführung treffen sie gerade noch rechtzeitig ein und das lustige Stück bringt sie wieder in die Realität zurück.

Zuhause angekommen, gehen sie sogleich todmüde ins Bett und schlafen händchenhaltend ein.

Aragorn träumt wirres Zeug und als er sich morgens dies von der Seele reden kann, meint Arwen verständnisvoll:

»Mein lieber Held, hab keine Angst – ich bin doch bei dir!«

Da lächelt er sie an, drückt sie sanft an sich und beide lieben einander im weichen Bett.

Einige Monate später setzt Aragorn seiner Arwen ein 'Krönungsdiadem' als Morgengabe auf ihre prunkvoll zurechtfrisierte Haarkunst.

»Arwen, du bist eine wunderschöne Prinzessin« – er lächelt stolz – »und jetzt mach ich dich zu meiner Königin.«

Ihr Verlobungskleid ließ sie aufschmücken und er trägt ebenso die Robe vom Heiratsantrag. Goldene Eheringe haben sie mit der eigens definierten Elben-Inschrift gravieren lassen. Der Damenring beinhaltet zusätzlich einen kleinen Diamanten.

Sie heiraten am 13. Juni um 13:00 Uhr in der Burg Plankenstein.

Einer der Gäste meint: »Habt ihr keine Angst?«

»Weshalb?«

»Na ja – der Dreizehnte eben ... und wegen der Burggeister.«

Aragorn entgegnet: »Nö – wir sind doch nicht abergläubisch ... und außerdem beschützen wir uns gegenseitig.«

Arwen meint: »Ja genau! Auch hat mein Held immer seinen Dolch dabei.«

Das Brautpaar schmunzelt, doch der Gast guckt verwirrt, sodass Arwen schnell hinzufügt: »Wahrhaftige Liebe übersteht einfach alles!«

Und der Diamant am Ring funkelt in der Sonne ...

14

Goldmarie

Seine Hand schiebt den Jetons-Stoß unbewusst auf irgendein Feld, während er mit leicht geöffnetem Mund dieser wunderschönen Gazelle hinterherblickt. Er wagt nicht zu atmen – als würde er sonst etwas versäumen, er verfolgt jeden hüftvollen Schritt in diesen schönen Golden-High-Heels. Ihr schlanker Körper wird nur mit wenig Stoff bedeckt – ein goldenes Minikleid, vorne hochgeschlossen, aber hinten mit tiefem Ausschnitt, sodass der Ansatz der Pobacken-Spaltung zu sehen ist, wo sich ihre langen blonden, leicht gewellten Haare wölben.

Wow, welch eine Erscheinung ... und ja wow – er hat soeben gewonnen und der Croupier schiebt ihm die dreifache Menge seines Einsatzes zu.

Wie betäubt, sitzt er am Roulettetisch und dann diese sanfte Stimme ganz dicht an seinem Ohr: »Habe ich ihnen Glück gebracht?« Ein blumig-frischer Parfumduft begleitet diese Worte.

Langsam dreht er den Kopf zurück und da steht sie – sie, die Gazelle!

So – Lorenzo, jetzt reiß dich gefälligst zusammen, spricht er mit sich selbst, gleichzeitig um Fassung ringend. Er war nie einem guten Spruch verlegen und jetzt – *Hilfe, was soll ich bloß sagen? O.k. ...*

Sie lächelt ihn sanft an und blickt tief in seine Augen.

»Ja – äh [hmkhm], das haben sie tatsächlich.« Mit tiefer, rauchiger Stimme fügt er noch rasch hinzu: »Würden sie es gerne nochmals versuchen?«

»Oh …, was springt da für mich raus?«

»Mindestens einen Champagner, wunderschöne Frau.«

»Okay, der Deal steht! Setzen sie ALLES auf die Liebe.«

Und tatsächlich: ROT gewinnt.

Während er die Jetons rasch einsammelt, geht sie bereits Richtung Bar. Sie platziert sich elegant auf einem Barhocker, schlägt die schlanken Beine übereinander und bestellt eine Flasche Champagner.

Eilig kommt er ihr nach, streckt ihr seine Hand entgegen:

»Mein Name ist Lorenzo, ich bin hier auf Geschäftsreise. Mit wem habe ich das Vergnügen?«

»Marie«

Er nimmt die gefüllten Champagnergläser, reicht ihr eines und schenkt ihr sein bestes Lächeln. »Liebe Goldmarie, sie haben mir Glück gebracht – vielen Dank – Salute!«

Nach dem zweiten Glas sind sich beide immer näher gekommen. Seine Hand liegt mittlerweile auf Maries Oberschenkel und ganz langsam streichelt er ihr unter dem Kleid empor, bis er vom halterlosen Strumpf über dem Spitzenrand ihre zarte Haut spürt.

»Lorenzo!« schallt sie vorwurfsvoll. »Doch nicht in aller Öffentlichkeit, beherrsch dich!« Sie nimmt seine Hand und legt sie ihm auf seinen Schoß zurück, streift dabei jedoch bewusst seine ausgebeulte Hose. Sein Blick schreit förmlich nach mehr und das Spielchen möchte er gerne in seinem Hotelzimmer fortsetzen.

»Kellner, bitte lassen sie diese Flasche und eine weitere auf mein Zimmer 696 bringen.«

An Marie gewandt, meint er nur forsch: »Du kommst jetzt mit – keine Widerrede!«

Neckisch meint sie: »Lässt du jetzt deinen Italiener raushängen? – schön prall und schnaubend?«

»Ja, ich platze gleich – ich gebe dir Amore! Du wunderschöne Goldmarie hast Dir noch eine richtige Belohnung verdient …«

Galant lässt er sie in den Lift voranschreiten, sein Blick fällt in ihren tiefen Ausschnitt. Die Lifttür hat sich noch nicht einmal geschlossen, schon drückt er seine Gazelle gegen die Spiegelwand, so, dass ihm ihre Rückfront zur Gänze ausgeliefert ist. Sie hält sich mit den Händen am umlaufenden Geländer fest, ihre linke Gesichtshälfte und ihre Brust an den Spiegel gepresst. Der hinausgedrückte Hintern bleibt nicht lange allein. Elektrifizierend streicht sein Mittelfinger ihren Rücken hinab – in einem Zug durch bis in die Popofalte. Mit der anderen Hand fingert er sich zwischen ihren Beinen hoch ins Mittelfeld. Bei dem Kleid war es ihm klar, dass diese sexy Frau ohne Höschen ist, jedoch dachte er nicht, dass sie bereits überfloss. Sie seufzt tief auf und ein lautes Stöhnen ist die Antwort seines Eindringens all seiner Finger. Er raunt mit: »Jaaa, jaaa, das brauchst du – du geile Fotze!« »Sag es!«

Da öffnet sich mit einem Ruck die Lifttür. Schnell zieht er seine Hand zurück, riecht daran und geleitet seine vor Verlangen blickende Blondine sicher in sein Hotelzimmer. Ihr schwanken die Knie, doch bringt sie sich rasch wieder unter Kontrolle.

Ihr Amigo verschwindet kurz auf die Toilette mit den Worten: »Schenk uns doch inzwischen Champagner ein – ich bin gleich wieder bei dir – und dann bist du fällig!«

Voller Erwartung kommt er ins inzwischen abgedunkelte Zimmer – doch, wo ist sie? Einer ihrer hochhakigen Schuhe steht am Tisch, daneben ein Zettel:

»Deine Jetons waren verlockender als du, lieber Lorenzo! Hab mir auch den Champagner mitgenommen – ein kleiner Rest für dich befindet sich im Schuh. Trink schön! Auf dein Wohl!«

Neeein, dieses Weib! – dröhnt es durch seinen Kopf. *Das darf nicht wahr sein!*

Aber dann vernimmt er ein Kichern hinter dem Vorhang. Die Gazelle kommt hervor und lacht nun schelmisch auf. Da muss auch er mitlachen. Jetzt geht sie auf ihn zu, küsst ihn ganz stürmisch und stößt mit ihrer Zunge in seine Welt ein. Schon spürt sie wieder seine Erregung, sie streicht fest darüber und öffnet seine Hose, drückt ihn auf das Bett hinunter, zieht ihr Kleid hoch und setzt sich auf ihn, reitet wild und ihre Mähne fliegt vor und zurück. Er liegt bequem mit dem Oberkörper auf dem Bett, seine Hände am Hinterkopf gekreuzt. Er ist stolz auf seinen strammen Speer, braucht nichts zu tun, nur zuschauen und genießen, wie sie abgeht. Jetzt schreit Marie laut auf, »hjaaaaaaahh« – es kommt ihr so richtig fest … und mit einem erschöpften Seufzer landet sie auf seiner Brust.

Sie knöpft sein Hemd auf, krault durch seine Brusthaare und dann … »Durst!« – meint sie und springt auf.

Wieder ist er verdutzt: *Was ist nun mit IHM? Das kann es aber noch nicht gewesen sein!*

Doch sogleich kommt sie entkleidet zurück und setzt sich mit ihrer feuchten Muschi auf seinen Oberkörper. Er blickt zu ihr empor: Die langen Haare umspielen ihre tollen Hügel, die Nippel stehen richtig schön ab – *herrlich!*

Und da zaubert sie ihren goldenen, hochhakigen Schuh hervor. »Mund auf mein Gigolo!« Dem folgegetan, neigt sie den Schuh langsam und es plätschert goldene Flüssigkeit auf seine Lippen und er trinkt … »hmmm – lecker«, raunt er zwischendurch.

Verlockend meint sie: »Schön alles austrinken! Denn wenn du brav bist, werde auch ich alles trinken.«

Sie legt den leeren Schuh beiseite, macht eine Kehrtwendung, streckt ihm ihre Pussy ins Gesicht und bedient sich an seinem prachtvollen Penis. Geschickt leckt sie vom Schaft hoch zur Spitze, umspielt seine Eichel und jetzt nimmt sie mit einem Ruck den ganzen Schwanz in ihre Mundhöhle tief auf, saugt fest ein und fährt wieder zurück, sodann erneut und es reichen wenige Bewegungen, da raunt er schon kräftig. Jetzt stöhnt er laut auf und schon kommt seine warme Flüssigkeit für sie in vollem Ausmaß daher. Brav schluckt sie alles ... schön sauber hinterlässt sie den langsam erschlaffenden Körper.

Als er sich wieder gefangen hat, flüstert er seiner Marie ins Ohr: »Mein lieber Schatz, ich brauch nicht Geld, nicht Gold – ich brauch nur dich!«

Zufrieden nicken beide kurz ein, bis er sie wachbumst – genauso, so wie sie es mag – seine geliebte Ehefrau!

Was sie sich wohl nächsten Jahrestag wieder einfallen lassen?

15

Geburtstags-Überraschung

»Also echt, nicht einmal Frühstücken lässt Du mich. Wieso denn diese Eile – der Berg wartet doch eh auf uns«, jammert Hans frühmorgens.

»Schatz, lass dich überraschen! Ich verspreche dir das tollste Frühstück, das du je zu deinem Geburtstag hattest. Komm, gib Gas! Da vorne musst du rechts abbiegen«, antwortet Cäcilia, die schon nervös wurde, da sie spät dran waren.

In der Talstation Mittersill angekommen, läuft Cäcilia sogleich zum Info-Point und kauft die vorreservierten Spezial-Tickets. Hans schleppt inzwischen beide Touren-Rucksäcke herbei und ist in mürrischer und doch auch neugieriger Erwartung, was das heute bloß werden soll.

O.k. – jetzt nehmen beide erst einmal in einer Gondel Platz und auf einmal wird ein Tisch – reichlich gedeckt mit Frühstück allerlei – direkt in die Gondel zwischen ihnen hereingeschoben.

»Wow, also damit hätte ich echt nicht gerechnet«, ist Hans positiv überrascht.

»Mach noch kurz deine Augen zu!«, bittet Cäcilia, »warte, ich bin gleich soweit!« Sie zaubert aus ihrem Rucksack noch eine Spritzkerze hervor, die sie auf dem Kuchen platziert. Kaum angezündet, singt sie: »Happy Birthday, lieber Hansi – happy Birthday to youuu« und er öffnet seine Augen, zeigt sogleich ein breites Grinsen und fröhlich-glänzende Augen blicken in die emporspritzende Kerzenflamme. *Fast sieht er aus, wie der Pumuckl,* denkt sie sich, als sie in sein mit Sommersprossen gezeichnetes Gesicht blickt. *Schön, er freut sich.* Cäcilia nimmt beide gefüllten Sektgläser in die Hand, reicht eines ihrem Hansi und sie stoßen auf seinen Fünfziger an. Jetzt gibt sie ihm auch noch ein kleines Präsent und sie genießen das Frühstück über eine Stunde in ihrer persönlichen Gondel, die laufend auf und ab fährt. Während er seinen Kaffee schlürft, winkt er zwischendurch den querenden Gondelinsassen belustigt zu. Cäcilia grüßt die von ihr getaufte »Lisa« bei jeder Bergfahrt. Lisa ist eine der Kühe, die unterhalb am saftig-grünen Sonnenhang ihr Frühstück einnehmen.

»Herrlich«, meint Hans beim Ausstieg auf der Berghöhe, »ein wirklich gutes Frühstück mit toller Aussicht und ein so schönes Wetter heute aber auch …«

Im Nationalpark Hohe Tauern kommen sie beim Plattsee vorbei und entdecken wenig später etwas abseits der Tour einen Hochstand.

»Komm Zenzi, lass uns hier hinauf klettern«, meint Hans. Er hilft Cäcilia beim Einstieg zur kleinen Sitzfläche. Zuerst halten sie noch Ausschau und nun blicken sie sich in die Augen, nähern sich rasch und küssen sich.

Sie sind bereits acht Jahre zusammen und sexuell ist leider nicht mehr allzu viel los. Da freut sich Hans umso mehr, dass Zenzi – wie er sie immer nennt – heute wieder einmal aufgeschlossen scheint. Das verflixte Siebente hatte auch bei ihnen Krisen beinhaltet, doch sie haben es durchgestanden und bemühen sich seither, wieder mehr Gemeinsamkeiten zu unternehmen.

»Hmmm, riechst du gut« sagt Hans, »so schön nach frischer Luft.«

Cäcilia öffnet seine Wanderhose und sucht unter dem Slip sein bestes Stück auf. Sie beugt sich hinab und atmet hörbar tief durch die Nase ein.

»Und duuu riechst erst gut!«

Sie leckt wie an einem Eis am Stiel und nimmt jetzt den inzwischen zur Größtform pulsierten Penis in den Mund und beginnt zu pumpen.

Hans fährt ihr zugleich mit einer Hand im Hohlkreuz in den Hosenbund, vorbei an den Pobacken hinab zur Muschi. Hier kann er gut losfingern, denn Zenzi streckt ihren Hintern schön hoch und spürt äußerst aufreizend seine fordernden Umkreisungen.

»Komm Schatz, setz dich auf mich drauf«, fordert Hans mit inzwischen keuchender Stimme.

Sie zieht ihre Hose bis auf die Knie hinunter – er hilft ihr dabei, denn viel Platz haben sie hier im Hochstand nicht gerade – und setzt sich verkehrt auf sein strammes Teil. Zwar ist sie schon feucht geworden, doch bedarf es einer zunächst langsamen Handhabung, denn die Reibung ist verflixt eng, was aber wiederum intensive Gefühle hervorruft, die schnell zu einer optimalen Schmierung verhelfen. Sie stöhnen beide leise in die Natur, die Vögel zwitschern hinzu und nun kann Cäcilia schon schneller auf Hans auf und nieder hüpfen. Sie hält sich am Holzrahmen fest und kommt bei jedem Aufhüpfen mit ihrem Köpfchen aus dem kleinen Häuschen heraus. *Das muss echt witzig aussehen* und sie grinst belustigt.

Hans hilft Zenzi mittels seiner starken Hände, die er unterstützend mit einsetzt und ihren Po immer wieder hochdrückt.

»Jaaa komm, schieß mich ab, du geiler Jäger!« raunt sie schelmisch.

Diese aufgeilenden Worte genügen ihm auch schon, er schießt ihr sein Schrot in die Pussy, begleitet mit einem Röhren gleich einem Elch.

Zufrieden fängt Cäcilia die Ladung mit einem Taschentuch auf, bevor sie sich wieder anzieht. Hans erwartet freudig ihre Hüften auf den letzten Sprossen der Leiter.

»Ich helfe dir, mein süßes Wildschweinderl« neckt er sie, glücklich endlich wieder einmal zum Schuss gekommen zu sein.

Zielgerichtet gelangen die beiden Bergprofies zur St. Pöltner Hütte, in der Zenzi ein Doppelzimmer reserviert hat. Sie befinden sich auf fast 2500 Höhenmeter und morgen ist das Gipfelkreuz des Tauernkogels geplant. Diese hochfrische Luft fördert den Appetit. Zu einer zünftigen Brettljause trinken sie einige Krügerl Most und werden leicht beschwipst. Ein ausgelassener Hüttenabend mit netten Berggenossen führt sie spätabends nach oben.

Im Suff stolpert Cäcilia vom Gemeinschaftsbad kommend in die Arme von Toni, der sie gerne hilfreich auffängt und dabei gaaanz zufällig ihre linke Brust umfasst.

»Huch« entfährt es ihr erschrocken.

»Nicht so schnell, schöne Hüttenfee. Du könntest in falschen Händen landen«, witzelt er und gibt ihr einen flüchtigen Kuss, bevor sie sich ihm wieder entzieht und flieht. *Der hat mir doch glatt die Zunge reingesteckt. So ein Lustmolch! Aber ein echt netter Molch ...*, sinniert sie und begibt sich im Zimmer zu Hans ins Bett, der bereits genüsslich schnarcht.

Sie hatte sich noch solche Mühe gegeben: Nach der Abendtoilette, zog sie sich einen rot-weiß-karierter BH und Schlüpfer an – das trachtige Set hat sie erst vor kurzem gekauft. Ihre brünetten Haare flechtete sie zu zwei Zöpfen, die mit roten Bandschleifen versehen eine wahrhaft reizvolle Zenzi zauberten. Sie freute sich die ganze Woche auf die geplante Vorführung, doch jetzt schläft er bereits … *Grrr!*

Toni würde sie sicher erwarten, war er von ihrer zünftigen Aufmachung vorhin doch sehr angetan, folgert sie noch, bevor sie im nächsten Moment in einen tiefen Atemrhythmus verfällt.

Auf Zehenspitzen schleicht sie am Gang entlang ins Matratzenlager, wo Toni und Stefan sich soeben niederlegen. Die weiteren Hüttengäste schlafen bereits. Toni sieht Zenzi im grellen Mondlicht stehen und flüstert ihr erfreut zu:

»Ja wer ist denn da? Zenzi, kann ich dir irgendwie helfen?«

Sie beißt sich verlegen auf die Lippen und fasst allen Mut zusammen, geht wenige Schritte zum Bettenrand und wird von vier Armen – denn Stefan hat ein ebenso breites Grinsen aufgesetzt – freudigst erwartet.

»Brauchst nicht traurig sein, dass dein Mann heute nicht mehr kann. Wir hingegen trösten dich gerne«, meint Stefan.

Zenzi will getröstet werden, sie will starke Hände spüren, sie will liebkost werden und gerne auch von beiden zugleich, denn Stefan reizt sie ebenso wie Toni.

Sie legt sich zwischen beide auf die harte Matratze und langsam spürt sie von links und rechts je eine Hand auf ihren Oberschenkel hoch gleiten, die sich in ihrem Zentrum treffen und die eine der anderen eine klapst. *Streitet euch nicht, ich verfüge über mehrere erogene Zonen,* denkt sie gerade, da streicht die linke Hand schon hoch über den Bauch, die Brust zu ihrem Hals. Toni ergreift sanft ihr Kinn und schon kleben seine Lippen auf den ihren. Seine Zunge ist so fordernd und ganz anders wie die langbekannte ihres Mannes. Stefan streichelt inzwischen über den Schlüpfer ihre Intimzone. Toni zieht ihren rechten BH-Cup herunter und saugt an ihrer großen Knospe, während Stefan sich bereits unter den Stoff zu ihrem Klitorishügel vorsucht.

Mensch tut das guuut! könnte sie schreien. *Leise muss ich sein und nur genießen. Das ist so geil, da komm ich bald … Bitte fahr mir in meine heiße Vulva, bitte bitte,* dröhnt es durch ihren Kopf.

Sie spürt bereits volle Feuchtigkeit in ihrem Schritt und mit ihren beiden Händen massiert sie links und rechts je ein strammes Glied, schön fest umklammernd, den Weg unter die Jogginghosen hatte sie schon längst gefunden. Jetzt nuckelt rechts einer an ihrer Brust, links wird ihr weicher Naturbusen zärtlich massiert und ihr linker Verwöhner küsst sie sachte – *das ist diesmal Stefan,* während zugleich in ihre Höhle gefingert und ihr Hügel massiv gerieben wird. Jeder hat so seinen Part und die Summe dieser Liebkosungen bringt sie jetzt zu einem heftigen Orgasmus, sodass sie mit dem Becken hoch und nieder schnellt … und munter wird.
Was für ein toller, feuchter Traum!

Zenzi schlummert wieder etwas ein und wird von den ersten Frühaufstehern erneut geweckt.
Hansi braucht auch nicht mehr zu schlafen, der muss jetzt herhalten!
Sie kuschelt sich an seinen Rücken in Löffelchenstellung und schnappt sich seinen schlaffen Penis, der sehr rasch zur Morgenlatte wird. Auch Hans räkelt sich lächeln und dreht sich auf den Rücken. Cäcilia schlägt die Decke zurück und setzt sich auf seinen Schwanz, ihren schönen Trachtenschlüpfer etwas zur Seite gezogen. Voll Überraschung der forschen Aktion seiner Frau und der bereits überaus feuchten Grotte öffnet Hans seine Augen ruckartig und kann es gar nicht fassen, dass seine Frau auf ihm so abgeht, wie schon Jahre nicht mehr.
Er staunt: Zenzi *sieht so heiß aus, ein wirklich schönes Outfit.*
»Ja Baby – mit deinen zwei hübschen Möpsen … und Zöpfen – gib es mir«, raunt er.
Das war ihr Stichwort: Zöpfe. Sie nimmt sich die Schleifen ab und bindet diese an die Handgelenke des Göttergatten. Links und rechts an die Bettpfosten gefesselt, kann er sich nun nicht mehr wehren und Cäcilia genießt es, einfach nach ihrem Belieben zu reiten. Er spitzt seine Lippen, doch sie will ihn nicht küssen. Er riecht noch immer nach Alkohol, hat er sich nachts doch nicht mehr die Zähne geputzt. Sie schließt ihre Augen und begibt sich gedanklich nochmals in ihren Traum.
Als sie kommt, jodelt sie voller Freude ein »Jodliodlioooh«, um sich sodann erschöpft auf die behaarte Männerbrust fallen zu lassen und schwer liegen bleibt.

Hans drückt seine Hüften hoch – er ist noch nicht fertig, will mehr …
Doch das ist Zenzi egal – jetzt war sie dran, sie ganz alleine. Erst eine seiner Meinung nach Ewigkeit löst sie die Handfesseln.

Als sie am Frühstückstisch ein voll gutes »Ham and Eggs« speisen, ist Hans wieder positiv gestimmt. Er bemerkt aber auch, dass Toni und Zenzi sich verstohlene Blicke zuwerfen.

Beim Abstieg vom Tauernkogel meint er zu ihr: »Es tut mir echt leid, dass ich gestern eingeschlafen bin. Ich verspreche dir, dass mir das heute abends nicht passieren wird.«
Hingegen äußert sie nur kurz: »Wenn du meinst. ICH hatte eh eine tolle Nacht.«
Verdutzt schluckt er und ihm schwant Böses: Hatte Toni mit der Aussage: »Wenn ich dir mal aushelfen soll?« und dem Schulterklopfen beim Abschied denn was Bestimmtes sagen wollen?

Voriges Jahr hätte er fast seine Cäcilia verloren, dieser Gefahr darf er sich nicht noch einmal aussetzen. Er will seiner Zenzi in Zukunft mehr Aufmerksamkeit schenken und sie nicht als selbstverständlich sehen. Auch zu seinem Geburtstag hatte sie solch tolle Überraschungen für ihn.
Also nimmt er sich fest vor: *Ich werde zum Mustergatten!*

16

Autopartie

Sie hatten einen wunderschönen Kuraufenthalt in Bad Gastein und müssen nun aber leider wieder heim. Jeder zu seinem Ehepartner zurück. Bei beiden funktioniert die Ehe nicht mehr so, wie sie sein sollte. Was wird die Zukunft bringen, finden die beiden zusammen? Das Schicksal hat sie zusammengeführt und sie haben sich gleich so rasant ineinander verliebt, dass sie nicht mehr voneinander loskommen. Auch der Sex ist so gut, sie sind sich überhaupt in allen Dingen so gleich.

Nun sind sie auf der Heimfahrt, es ist bereits finster und im Player ertönen ihre geliebten Lieder. Mit der linken Hand hält er das Lenkrad, mit seiner rechten Hand tastet er sich zu ihr hinüber und fährt ihr unter den Rock. Wie sie das liebt, diese Situation macht immer eine eigene, man könnte sagen elektrifizierende Stimmung. Seine Finger streicheln einige Male über den hauchdünnen Slip und suchen sich nun darunter zur Scheidenöffnung. Er gleitet sanft hinein, immer weiter, zieht ebenso sanft wieder heraus – nimmt vom geilen Saft was mit – und hoch zur Klitoris. Dort kreist er um ihren Liebeshügel. Sie stöhnt immer wieder auf, es tut ihr voll gut. Sie wirft ihren Kopf zurück und schaut zu ihm hinüber. Er hat alles unter Kontrolle, kuppelt sogar mit der linken Hand. Dann wendet auch er seinen Kopf und sie sehen sich in die Augen. Volles Verlangen spricht aus ihnen.

Ohne ein Wort zu sagen, fährt er in die nächste Autobahnbucht und stellt den Motor ab.
Jetzt ist aber sie an der Reihe, denkt sie. Sie lässt sich zu ihm hinüber, küsst ihn und mit ihrer Hand gleitet sie über seine Brust, den Bauch weiter hinab zur ausgebeulten Hose. Mit leichtem Druck streicht sie darüber, öffnet dann seinen Hosenknopf und den Reißverschluss. Behutsam befreit sie sein »bestes Stück« aus der schon viel zu engen Behausung. Sie beugt sich

mit dem Kopf hinunter, riecht seinen geilen Duft und nimmt diesen schönen, dicken Penis in ihren Mund. Nur mit zwei Fingern hält sie sich ihn zurecht, den Rest erledigen ihre Lippen. Zuerst ganz langsam, dann schneller, jetzt auch noch die Zunge dazu kreisend, gleichzeitig saugt sie und ihr Kopf geht hoch und nieder. Er lässt alles gewähren, stöhnt leise und streicht ihr die Haare aus dem Gesicht – so kann er gut zusehen, wie sie ihn verwöhnt. Sie packt auch mal mit der ganzen Hand zu und bearbeitet den Prügel so richtig schnell. Ja, sie will seinen süßen Saft trinken, sie will alles haben, sie weiß, dass sie das kann und legt sich richtig ins Zeug. Sie saugt so stark, dass er glaubt, sie würde keinen Tropfen mehr drin lassen wollen.

»Ja – jetzt komm ich!« Er will ihren Kopf wegdrücken, weiß, dass jetzt eine große Ladung kommt, doch sie lässt sich nicht beirren. Im Gegenteil, sie kann es gar nicht mehr erwarten und dann spritzt er ihr in den Mund, spritzt ihr voll tief hinein und sie trinkt, trinkt voller Genuss und streicht auch weiter noch mit ihren Lippen auf und ab. Das hält er jetzt aber nicht mehr aus, es ist ein Gefühl, wo er glaubt, ohnmächtig zu werden.

Sie halten sich noch ein wenig und dann geht es weiter. Wieder seine linke Hand am Lenkrad, seine rechte Hand liebkosend auf ihrer überfließenden Quelle. Die ganze restliche Wegstrecke lässt er seine Finger spielen, sie ist schon so heiß, ihre ganze Vulva ist angeschwollen und schreit regelrecht nach mehr … Am Parkplatz, wo sie leider dann in ihr eigenes Fahrzeug umsteigen muss, fährt er ihr noch ein paar Mal auf und ab und sie stöhnt voll auf, sie schreit regelrecht: »Ja, ja, jaaa, aaah, mmm…«

»Das war ja irr gut«, sagt sie, »ich fühlte um meinen Scheideneingang einen 'Feuerring' und der erlischt immer noch nicht vollständig …«

17
Streichschokolade

Eine geniale Idee, freut sich Boris, *da wird Ella aber Augen machen ...*
Letzten Freitag war er mit seinem Freund in einer neuen Sauna, wo es einen Schokoladen-Aufguss gab. Das hat ihn so sehr inspiriert, dass er sich diese Woche entsprechende Streichschokolade besorgte und sich fiebrig auf Samstag sehnte.

Ella ist eine rassige Frau. Ihre schwarze, flippige Kurzhaarfrisur und ihre üppigen Kurven sowie ihre großen, dunkel geschminkten Augen bringen Boris jedes Mal um den Verstand. Als er sie vor rund drei Monaten bei einer Motorradtour kennenlernte, hatte er sich noch nicht vorstellen können, seine Ehefrau jemals zu betrügen. Doch Ella, die vor einem Jahr geschieden wurde, fuhr erneut in ihrer engsitzenden Motorradkluft bei der Folgetour wieder mit. Mittlerweile gehört sie zur Gang und ist die einzige Frau unter den »Easy Riders«, wie sich die Gruppe nennt. Alle finden Ella toll – sie kann so forsch sein, doch dann wackelt sie wieder mit ihren Brüsten und Hüften, sodass auch ihr Schwager, der sie in die Gruppe brachte, fasziniert guckt.

Ella hat sich nur dem ihrem Geschmack nach Bestaussehendsten der sozusagen »harten Jungs« ernsthaft angenähert. Sie steckte Boris vorigen Monat Ihre Visitenkarte zu, denn er passt genau in ihr Beuteschema. Auf die Rückseite der Visitenkarte schrieb sie:

»Willst du Spaß, dann gib Gas! Willst du mich, dann bemüh dich!«

Beim ersten Stelldichein sagte sie zu ihm: »Solange du mir neue Praktiken zeigst und mir ordentlich einheizt, wirst Speed mit mir erleben und sicher voll abheben.«

Boris ist also gefordert, mit Blümchensex kann er hier nicht landen.

Boris hat seiner Frau erzählt, die »Easy Riders« würden übers Wochenende eine Tour machen. Insgeheim bestand die Gang diesmal aber nur aus ihm und seiner Ella.

Endlich hatten sie zwei Tage für sich und nicht nur kurze Schläferstündchen unter der Woche. Im Motorradkoffer befinden sich statt Ersatzklamotten nur Badesachen und ein großer Topf Streichschokolade.

Im Hotelzimmer angekommen, wirft Boris seine Motorradbraut sogleich rücklings aufs Bett und schon kleben seine Lippen auf den ihren. Stürmisch küsst er sie, verschmiert ihren lila Lippenstift, gleitet mit seinem Drei-Tages-Bart rau über ihr Kinn hinab zum Hals, über das Dekolleté, zieht ihr V-Shirt stramm hinunter und landet zwischen den beiden Prachthügeln, um hier züngelnd und schnaubend einige Zeit zu verweilen. Ella protestiert lautstark: »Du Grobian! Na warte, das zahl ich dir heim!« Verstört blickt er auf – er wollte ihr doch nur seine Sehnsucht spüren lassen.
»Verzeih mir Liebste!« fleht er.
Doch sie drängt ihn zur Seite, wälzt sich aus dem Bett hoch und geht ins Bad, begleitet von vorwurfsvollem Grummeln.
So ein Mist, hoffentlich ist die Stimmung jetzt nicht ruiniert ...

Er läuft ihr wie ein räudiger Hund ins Bad hinterher und fleht erneut: »Liebste, bitte es tut mir leid – sei mir bitte bitte nicht böse! Schau, ich rasiere mich sogleich. Und außerdem hab ich heute eine süße Überraschung für Dich.«
»Überraschung für mich?« wiederholt sie.
»Ja – glaub mir, es wird dir gefallen!« raunt er zurück.

Beide entledigen sich der Bekleidung und dann folgt die versprochene Rasur. Sein Biker-Antlitz weicht einer knabenhaften Kinnpartie. Vom Rasierschaum kommt ein großer Tupfen auch auf Ellas tiefschwarze Schamhaare. Sie sitzt am Badewannenrand, spreizt ihre Beine und Boris bückt sich, um ihr vorsichtig eine glatte Möse zu zaubern. Das gefällt Ella und verzückt klatscht sie ihm auf den Po. Noch ein Klaps, noch einer und jetzt einmal so richtig fest.
»Aua« – jauchzt er – »Gnade, das ist genug Strafe!« und beide müssen lachen.
Jetzt ist die Welt wieder in Ordnung.

Sie sind frisch gewaschen. Boris holt aus seiner Tasche rasch die Streich-schokolade ins Bad. Er kniet sich am Badeboden auf einen Satz Hand-tücher zwischen ihre Beine, bestreicht mit seinen Fingern ihre glatte Muschi und dann stillt er seinen süßen Hunger.

»Hmmmmm, so gut, so lecker«, raunt er.

Ihre Knospe ist schön groß angeschwollen und voller Wollust verlangt ihre Vagina nach männlicher Füllung.

Sie lassen wenige Zentimeter heißes Wasser in die Wanne ein. Ella legt sich hinein und Boris bestreicht großzügig ihre Brüste mit der dunklen Textur. Selber kleistert er sich auch noch ein, um dann Körper auf Körper zu reiben. *Welch ein steiles Gefühl, welch Wonne in der Wanne.*

Er stemmt sich hoch und hält ihr seinen Schwanz vors Gesicht und Ella nascht am süßen Schokoladenstiel. Von den Schokoeiern fährt sie mit ihrer Zunge hoch zur getunkten, dunklen Eichel und wieder zurück. Er sieht ihr zu und kann an ihrem Gesichtsausdruck erkennen, wie sehr sie das erregt. Nach mehrmaligen Schleckereien nimmt sie auch seinen Stiel ganz in den Mund und beginnt zu saugen.

Er stöhnt auf, genießt und raunt: »Du wolltest doch schon immer mal einen Schwarzen haben, oder? Man sagt, die hätten einen mächtigen Schwanz. Was meinst, genügt dir meiner?«

Ella antwortet: »Keine Bescheidenheit, mein strammer Held. Du weißt selber, dass bei dir hier zum Glück nicht gespart wurde. Aber du bist jetzt eher ein Latino und das macht mich genauso an … Komm geh richtig ran!«

Der braune Boris steckt seinen Prügel in die heiße Vulva und seine Bewe-gungen werden vom klebrigen Umstand intensiviert, fast entsteht ein Sog. Er bumst seine Latina kräftig durch, das Wasser schwappt hoch und sie schreit was das Zeug hält, schlägt immer wieder mit den Händen auf die Fliesenwand und den Wannenrand und verliert jeden Realitätssinn. Er spürt wie sie kommt, ihre Muskeln schnüren seinen Schwanz schön eng ein und jetzt kann auch er nach nur mehr zwei Stößen abspritzen.

Sie raffen sich voneinander, duschen und begeben sich schön sauber zum weichen Bett. Die harte Emaille hinterließ einige rote Abdrücke und Ab-schürfungen, doch die waren es allemal wert.

Ella lächelt ihren Ex-Latino an und erwartungsfroh spreizt sie erneut ihre Beine.

Sie befiehlt: »Schlecken! Da bin ich noch nicht ganz sauber.«

Boris streicht über die Innenseiten der Oberschenkel sanft bis zur Mitte, senkt sein Haupt und dann befolgt er brav ihr Begehren, steckt auch seinen Mittelfinger in die Scheide und massiert den G-Punkt. Mit den Fingern der anderen Hand drückt er auf ihren Anus und eine Fingerkuppe findet sogar Einlass. Ella genießt und muss immer wieder aufseufzen.

Boris macht eine Kehrtwendung und klatscht Ella seinen schlaffen Schwanz auf die Wange. Sie neigt den Kopf und schlängelt sich seinen Freund in ihren Mund. Ein wenig beißt sie zu, saugt sich ihn wieder groß und mit beiden Händen erfasst sie seine Pobacken. Sie gräbt ihre langen Fingernägel ins Fleisch.

Da jault er auf wie ein Kojote. »O.k. – du Vamp, das reicht jetzt aber … Ich hol uns was zum Trinken!« und er befreit sich aus ihren Klauen.

Nach dem Frühstück am frühen Morgen einer noch zweifach stürmischen Nacht fahren sie an einen See, um sich zu erholen und in der Sonne zu räkeln. Da sehen sie die vielen roten Hautstellen.

So ein Mist! Da muss ich aber echt aufpassen, dass meine Frau mich so nicht sieht, erschrickt Boris.

Ein Jahr später ist Boris geschieden und lebt bei seiner rassigen Biker-braut. Immer noch haben sie ausgiebigen Sex und die Ideen gehen ihnen nie aus …

18

Acapulco

Also diese »Raumschiff-Rutsche« ins Freie ist eine Wucht. Es ist schon dunkel geworden und die beiden Verliebten verstecken sich im Außenbecken, dort wo keine Leute sind, dort wo keine Einsicht ist und Waltraud lüftet ihren Busen. Matthias streicht sanft darüber, nimmt die zwei Kugeln in die Hände, seine Lippen suchen die ihren und schon spürt sie seine Zunge, welche fordernd in ihren Mund vorstößt. Beide Körper eng aneinandergepresst, so schön fühlt sich der Hautkontakt an und Waltraud spürt seinen Penis, der keinen Platz mehr in der Badehose findet. Schon ergreift sie sich diesen strammen Helden. Matthias stöhnt auf, genießt und dann hält er es nicht mehr aus:

»Komm, dreh dich um, ich steck ihn dir rein!«

Das brauchte er nicht ein zweites Mal zu sagen. Sie kehrt im ihre Pobacken entgegen. Ihre Unterarme legt sie stützend auf die Poolumrandung. Sein voll erigiertes Glied findet rasch den Eingang ins Paradies. Wild stößt er ihre Pussy. Das Wasser schwappt immer wieder am Beckenrand über und der schwere Atem ist in der frischen Nachtluft zu sehen. Jeden Moment könnte wer kommen und diesen stürmischen, leidenschaftlichen Akt stören. Waltraud presst ihre Vaginamuskeln zusammen und sein Teil reagiert sogleich, immer heftiger, immer schneller seine Stöße, bis er sich zu ihr vorbeugt und erlösend aufstöhnt.

Wenig später im Wasserbett kommt Waltraud auch auf ihre Kosten. Es bedarf nicht mehr vieler Berührungen. Die Bademäntel verstecken die zärtlichen Fingerspielchen. Waltraud windet sich hin und her, darf aber keinen Muckser machen, denn die anderen Saunagäste sind in unmittelbarer Nähe. Sie glaubt nicht, dass sie einen Orgasmus erreichen kann, zu sehr muss sie sich zurückhalten … Aber es tut doch sooo gut, es ist sooo schön und jetzt fährt er wieder tief mit dem Zeigefinger in ihre heiße Grotte, gleitet heraus, streicht über den Liebeshügel, sucht wieder das

Tiefe auf, nimmt einen zweiten Finger hinzu und da ist es um sie geschehen, sie vergräbt ihr Gesicht in seiner Brust, stöhnt verhalten in seinen Bademantel und kann es gar nicht fassen ...

Kaum hat sich ihr Atem wieder etwas gelegt, kommt auch schon der Saunameister vorbei, um die hier immer wieder anzutreffenden Liebespärchen zu ermahnen.
Pech, Pech – wir sind schon fertig – ätsch, zu spät!
Lächelnd kuscheln sich Waltraud und Matthias aneinander, schlummern glücklich ein, bis sie um 23:30 Uhr geweckt werden. Saunaschluss!

19
Annuschka und Mirco im Arcotel

Einige Monate nach ihrer Scheidung kann sich Margarethe endlich wieder der Welt öffnen. Die Trauer um das Nichtgelingen ihrer Ehe ist so weit verarbeitet, dass sie sich wieder geerdet fühlt und auch Lust auf einen neuen Mann hat. Diese Ausstrahlung, die sie mit femininem Styling unterstreicht, führte wohl zu der veränderten Präsenz. Margarethe entdeckte die letzten Wochen, dass sie plötzlich viele Männer begehren. Spezielle Avancen wurden ihr von einem kultivierten Mann mit langem Haar entgegen gebracht. Sein vornehmes Auftreten im »Nadelstreif« mit zusammengebundenem Haar und dann aber gegensätzlich im lässigen Freizeitlook mit offener Mähne gefällt ihr außerordentlich gut. Seit zwei Wochen sind sie nun ein Paar und jetzt steht ein verlängertes Wochenende bevor, das ein tolles Hotel, einen Operetten-Besuch und hoffentlich viele heiße Stunden bescheren wird.

Zufrieden begutachtet sich Margarethe nochmals im großen Spiegel. Ihre körperlichen Vorzüge hat sie gut betont, sodass die ihrer Meinung nach weniger attraktiven erst gar nicht in Augenschein treten. Obwohl ihr Wilfried schon öfters mitgeteilt hat, dass er jede Rundung an ihr liebt, muss sie erst noch Vertrauen gewinnen. Ihr Ex-Mann kritisierte nämlich ihre Figur laufend. Egal was sie machte – auch wenn sie nur im TV eine Schokoladenwerbung zufällig mit ansah, überfiel sie schon ein schlechtes Gewissen. Ja leider, ihr Ex-Gatte mit seinem durchtrainierten Körper hatte es geschafft, dass sich ihr Selbstwert an der Untergrenze befand. Die letzten Monate baute sie ihn wieder mühselig auf und jetzt liebt sie sich endlich wieder so wie sie ist – naja fast. Und dann kam er – der unheimlich galante Wilfried in ihr Leben.

»Ding-Dong« ertönt die Klingel und als sie zu ihm mit dem Handkoffer hinaustritt, erwartet sie heute der vornehme Herr. *Wow, sieht er gut aus –*

so seriös, so interessant. Ihre Gedanken werden durch seinen Willkommenskuss unterbrochen, ihre Knie werden weich und ihr Herz pumpert heftig.

»Hallo, schöne Lady. Bereit für ein Wochenende, das du nie vergessen wirst?«

»Ja, das bin ich« und er öffnet ihr die Autotür. Sie fahren los. Es ist nicht weit – nur ungefähr 20 Kilometer.

»Warum in die Ferne schweifen, wenn das Gute ist so nah«, hatte er ihr genannt, als sie die Karte las, auf der er sie zu einem Überraschungs-Wochenende in Linz einlud. Das Urlaubsfeeling ist einfach so unheimlich toll, auch wenn es nur eine oder zwei Nächte sind. Hier sind sie sich einig. Im Arcotel angekommen, beziehen sie sogleich das Zimmer, welches den Erwartungen entspricht. Beide packen sie ihre Abendgarderobe aus und er bemerkt, wie aufgewühlt sie ist. Sie blickt verlegen aus dem Fenster auf den Eislaufplatz unterhalb, wo sich viel buntes Treiben abspielt. Da kommt Wilfried von hinten an sie heran, streicht mit seinen Händen unter ihren Armen hervor und umfasst ihre Brüste. Dann öffnet er den Reißverschluss ihrer Weste und ihr mit Sorgfalt ausgewählter schwarzer, durchsichtiger BH entblößt sich. Seine Finger gleiten sanft unter den Stoff, Margarethe seufzt auf und legt ihren Kopf zurück auf seine Schulter. Wilfried steht so eng, dass sie seinen inzwischen groß gewordenen Penis an ihrer Rückfront spüren kann. Als er ihren Gürtel öffnet, wissen beide, sich nicht mehr lange mit der Kleidung aufhalten zu lassen. Rasch legen sie ihre Sachen ab, Wilfried wirft Margarethe aufs Bett und legt sich auf sie. Es tut irre gut, die Haut des anderen zu spüren und sein Glied ist genauso erregt, wie ihre verräterische Vagina. Schnell kommen beide zur Sache, hatten sie sich doch schon viel zu lange nicht mehr gesehen. Margarethe genießt zwar die tollen Empfindungen, aber einen Orgasmus erreicht sie nicht. Weiß sie doch, dass ihre Psyche heute mehr Vorspiel benötigt. Sie ist nicht enttäuscht, im Gegenteil, so mag sie es, sie saugt die unterschiedlichen Gefühlsregungen wie ein Schwamm auf. Bei ihrem Ex hatte sie immer mehr an Lust verloren, denn auch der Sex wurde im Laufe der Zeit ritualmäßig. Er ging nicht richtig auf sie ein, wollte nur seine Wunschvorstellungen erfüllt bekommen und jegliche Bemühung wieder Romantik aufkommen zu lassen, ist im Zwang nach Dessous erstickt worden. Bei Wilfried fühlt sie sich erstmals wieder wirklich geliebt und nicht bloß als Sexobjekt.

Jetzt machen sie sich für die Operette fertig und begeben sich in ein vornehmes Ambiente, genießen den restlichen Abend und lieben einander erneut, als sie nach Mitternacht ins Hotelzimmer kommen. Margarethe zeigt Wilfried, wie sie leicht kommt: sie liegen seitlich und sie kreuzt ihre Beine, sein Schwanz spaltet ihre Muschi und sie bewegt sich hin und her, presst fest ihre Muskeln zusammen, spürt sein Glied sooo gut, die Eichel reibt an ihrem Hügel und da kommt es ihr so heftig, dass sie laut aufschreit: »Ja, ja, ja – jaaa.«
»Das war ja toll – ich bin voll stark gekommen.«

Am nächsten Tag fahren sie in die Tschechei und den ganzen Tag über heizen sie einander auf. Zurück im Hotel – sie haben extra um eine Nacht verlängert – begeben sie sich im Hotel-Bademantel zum Schwimmbadareal. Das ist ja toll, sie sind ganz allein und in der angrenzenden Sauna heizt Margarethe ihrem Wilfried so richtig schön ein. Sie erblickt seinen pulsierenden Stab, ergreift ihn sanft, beugt sich vor und umschließt ihn mit ihren Lippen.
»Was machst Du denn da?« raunt er und sie lässt sich nicht aus der Ruhe bringen. Schleckt voller Genuss sein bestes Stück, saugt, bewegt seine Vorhaut hin und her und Wilfried glaubt sich im siebten Himmel zu befinden. Beziehungsweise aufgrund der Hitze wohl eher im Fegefeuer …
»Du bringst mich um den Verstand, Schatz!« … »Nein, nein – hör auf, das halt ich nicht aus!«
Nach einer kühlenden Dusche und ein paar Runden im Pool strecken sich beide auf den Liegen lang. Es beginnt ein amüsantes Spiel:
»Du seien ein Wahnsinn! Du geile Frau!«
»Oh – vielen Dank – sagen Dankeschön. Ich seien doch nur einfache Frau, seien auf Besuch in Österreich, seien aber gerne hier, treffen hier so schöne und interessante Männer. Ich lieben das Männer mit so schönem Körper. So wie Schwarzenegger mit Waschbrettbettbauch, seien großer, starker Mann, der vieles kann … Was dein Name?«
»Mirco«

Sie hält sich vor Lachen den Bauch und antwortet: »Oh – schöner Name. Ich seien Annuschka mit rotem Haar, kommen aus Russland. Du kennen Russinnen?«

»In Russland die Frauen haben viel Power. Du müssen kommen immer wieder nach Österreich. Du stets willkommen. Du mich immer besuchen!«

»Können du singen?«

»Ja, können singen. Werde singen für dich.« Wilfried singt im Ausländerakzent ein Liedchen und meint dann: »Jetzt seien aber du dran!«

Zögernd, schmunzelnd beginnt sie:

»Der Mond ist auf...ge...gangen, die gold..nen Stern...lein pran...gen ...«

Die Tür prescht auf und der Kellner bringt ihre bestellten Drinks. Grinsend und voll Neid blickt er sie an, würde am liebsten gerne Platz tauschen und auch neckische Spielchen treiben ...

Kaum ist er wieder weg, setzt Annuschka fort: »Mirco, dein Freund seien wirklich schön.«

Er erkennt an ihrem verschlingenden Blick, dass sie mit Freund seinen Schwanz meint und antwortet, dass sein »Winnetou« nicht nur schön sei, sondern auch schön tue ...

»Ja, das hören sich gut an, aber warum Winnetou? Ich kennen Winnetou mit Old Shatterhand. Die haben – wie heißen – Hammerhack und machen Skalpi ...«

Beide müssen so sehr lachen und ihr Spiel unterbrechen sie nun, da der *Winnetou in spe* im TV kommt: »Der Schuh des Manitu«

Im Zimmer, nackt in die Tuchent gewickelt, sehen sie sich den Beginn des Films an, doch das schläfert ein. Wilfried wird müde und da sie beide sich etwas Besseres anzufangen wissen, wird der Fernseher sogleich ausgeknipst und beide beschäftigen sich miteinander.

Annuschka nimmt den lieben Winnetou in ihre Hand und Mirco kümmert sich um Annuschkas rotes Schamhaar. Zumindest unter der Bettdecke schillert es ihm rötlich entgegen. Beide liebkosen sich, schlecken ihre empfindsamsten Stellen und keuchen bis in die frühen Morgenstunden, bis sie nach dem zweiten Akt erschöpft und selig einschlafen.

»Guten Morgen Annuschka! Haben du gut geschlafen?«

»Das haben ich. Können gar nicht anders, denn starker Hammerhack mit Waschbrettbettbauch haben mich heute Nacht beschützt. Ich lassen nimmermehr gehen! Ich wollen Winnetou nochmals spüren.«

Annuschkas Wunsch werden sogleich erfüllt …

20
Das Ende im Spiegel

Traurig, ja echt traurig, wenn eine Beziehung auseinanderbricht. Doch besser so, als nach außen hin den Schein zu trügen und innerlich aus Unzufriedenheit krank zu werden. Leider passiert dies allzu oft, viele Betroffene sehen keinen Ausweg. Es kommt freilich auch auf die Lebensumstände an, aber dennoch vermag ein Mensch viel zu erreichen, wenn er sich aufrafft, sich stark macht und Vertrauen in sich selbst findet …

Elfriede trifft zur verabredeten Zeit bei Sebastian ein. Sie setzen sich im kleinen Kaminzimmer zusammen. Das spärlich ausgestattete Zimmer – nur ein kleiner Schreibtisch mit Sessel, ein Bett und der Kamin – ist ein Anbau zur Kfz-Werkstätte, mit der er seinen Lebensunterhalt geradeso durchboxt. Zwar hat er einige Ersparnisse, doch damit muss er das Haus renovieren. Elfriede akzeptierte seinen Workaholic, seine schwarzen Fingernägel – so sehr er sie auch schruppte, die wurden nicht mehr sauber – und auch seinen Bierbauch. Aber mit dem Umstand, dass er zu oft über den Durst trinkt, kann und will sie nicht leben. Schweren Herzens hat sie sich nun entschieden, die Beziehung zu beenden, denn jetzt ist sie eine attraktive, knackige Frau, die auch noch jung genug ist, den perfekt zu ihr passenden Mann und Vater von hoffentlich zwei gemeinsamen und gesunden Kindern zu finden. *Sie kann sich ihr Leben noch richten ...,* glaubt sie jedenfalls.

Basti hat ihre Lieblingslieder im Player laufen und reicht seiner Elfi, die sich aufs Bett setzt, ein Glas Wein und sagt: »Ex!«
Das Wort hat ab sofort einen Doppelbedeutung und mit einem flauen Magengefühl kippt sie das ganze Glas intus. *Heute brauche auch ich den Alkohol,* geht es ihr durch den Kopf. Basti schenkt sogleich nach und erst mit dem dritten Glas haben sie genug Mumm, um über ihre Situation zu sprechen.

Elfriede beginnt: »Basti« und sie schluckt, »es tut mir echt sooo leid – aber ich weiß, dass es besser so ist …«

»Ich kann dich verstehen, aber ich dachte echt, dass du mich aufrichtig liebst«, sagt er mit bedrückter Stimme.

»Das tue ich, ja ich liebe dich wirklich« und in ihrem Herzen spürt sie es auch ganz deutlich, »doch ich will nicht so ein Leben. Letzte Woche hab ich alle Krankenhäuser angerufen, als ich dich nie erreichen konnte. Und dann kamst du um fünf Uhr früh zu mir, in einem Zustand, den ich einfach nicht mehr aushalte. Du bedientest dich gleich wieder am Schnaps und wolltest schmutzigen Sex.«

»Jaaa, lass gut sein! Ich weiß, ich bin ein Schuft …«

Sebastian legt einige Scheitel Holz im Ofen nach. Das Feuer lodert auf und es wird schön warm im Zimmer.

»Du kannst halt nie rechtzeitig aufhören«, schluchzt sie, »ich will einfach mehr vom Leben …«

Er nimmt ihre Hände in die seinen und sieht ihr tief in die Augen. »Ja, du hast einen Besseren verdient. Ich gebe dich frei!«

Der letzte Satz erweckt zugleich Angst und Erleichterung in ihr. So ein Mist aber auch, er sieht sie mit seinen wunderschönen, braunen Augen an und da kann sie sich nicht mehr zurückhalten, stürmt seinen Lippen entgegen und er erwidert sogleich mit grobem, einnehmenden Druck. Seine Hände wandern über ihren Rücken zum unteren Saum des Pullis. Mit einem Ruck zieht er ihr ihn hoch und streift ihn über den Kopf ab. Durch das Unterhemd kann er ihre Rundungen gut erkennen, sie trägt keine BH.

»Das macht es nur sch… schlimmer …« stottert sie, »und … und außerdem ist es hier drinnen noch viel zu kalt.«

»O.k., das kann ich ändern« und er legt abermals im Kamin nach.

Da nimmt er auch die Schachtel herbei, die die Fotos von beiden beinhaltet, die jedoch nicht für externe Einsicht sein dürfen. Es sind prekäre Fotos – Fotos, die heiße Szenen festhielten, wie zum Beispiel den Rosenkopf, der aus ihrer kahl rasierten Muschi lugte. Natürlich hatte er zuvor die Dornen entfernt bzw. den Stiel gekürzt. Sein Schwanzansatz in ihrer Scheide. Auch das rasierte Herz sieht so gut aus. Und noch viele tolle Erlebnisse hatten sie festgehalten.

»Ich werde diese Bilder nun verbrennen«, sagt er, nachdem sie sich alle nochmals gemeinsam angesehen haben. Traurig sieht sie zu, wie er Stück für Stück in den Kamin wirft und sie im Feuer verbrennen. Doch es ist besser so. All die Erinnerungen sind nun ausgelöscht – nein, im Herzen bleiben sie bestehen, was auch immer kommen mag.

Sebastien legt abermals Scheitel nach und der kleine Kamin knistert und knarrt, es entsteht eine extreme Glut und Hitze im Zimmer. Beide trinken das nächste Glas ex und dann schluchzen sie auf, es schmerzt und doch finden sie keinen geistigen Ausweg.

Basti springt auf und holt fünf große Spiegel ins Zimmer, platziert sie an den Wänden, so dass fast der ganze Raum damit ausgefüllt ist. Er renoviert laufend sein Haus und freut sich, dass er gestern die Spiegel noch nicht montiert hat.

»Ein toller Effekt!« sagt Elfi.

»Ja, das bringt's. Was meinst, wie dein nackter Körper erst gut darin ausschauen muss ...« und er zerrt an ihrem Leiberl. Sie ist mittlerweile aufgrund der Hitze im Zimmer auch gerne bereit, sich zu entkleiden.

Beide sind nun nackt im Bett nebeneinander liegend und küssen sich stürmisch. Der Alkohol bringt die Lockerheit hinzu und selten können sie die Augen geschlossen halten, denn die Spiegelbilder sind einfach zu schön. Von jeder Seite können sie gut mitansehen, wie sich ihre Körper aneinander reiben und im Feuerschein die Schweißperlen glänzen. Basti steckt ihr seinen dicken Freund in ihre heiße Vulva und beginnt kräftig zu pumpen. Ihre Körper bewegen sich in bekannter Einheit, sie geben ein wahrlich tolles Bild ab.

»Du bist so schön, so heiß und so unheimlich geil«, raunt er, »ich werde nie wieder eine solche Freundin haben. Da bin ich mir sicher.«

»Danke Basti. Danke!« Zu mehr Worten war sie nicht mehr fähig, denn die Promille bei der Hitze und Erregung leisteten nun vollen Dienst. Basti lässt von ihr ab, stellt sich zum Bettrand und Elfi kommt in breiter Grätsche hoch, um seinen prallen Schwanz zu saugen. Sie bemerkt, dass ihr Mund schon wieder trocken ist und nimmt abermals einen großen Schluck Wein, um nun befeuchtet loszulegen.

»Uaaah, aaah, jaaa Baby – mach es mir!«

Er bremst sich aber wieder ein, denn kommen möchte er noch nicht ...

Nein, er darf sie wahrscheinlich das letzte Mal heute Besteigen und hierfür muss er noch lange durchhalten, denn er will sie in allen Stellungen nochmals ficken. Als er sieht, wie Elfi Tränen übers Gesicht laufen, schnappt er sie an den Schultern und zwingt sie zur Wendung, um seinen inzwischen zur Hochform pulsierten Penis von hinten in die Möse zu schieben. Er beginnt zuerst gleich mit einem schnellen, festen Stoß bis zum Anschlag. Dreimal pumpt er nach und jetzt setzt er nur seine übergroße Eichel – die liebte sie immer so an ihm – ein, indem er am Eingang nur kurz hinein und heraus fährt. Zwischendurch schiebt er mit einer Hand seinen Stab außen hoch zu ihrer Klitoris und wieder zurück nur etwas hinein. Dieses Spiel – so weiß er bereits – bereitet ihr großes Vergnügen und er genießt, wie sie hier abgeht. Er spürt aufgrund ihrer Beckenbewegungen, dass sie ihn auch wieder tief in ihr haben möchte und zögert es aber noch hinaus. »Elfi, du brauchst mich. Gib es doch zu!«

»Ja – oh jaaa, fick mich, bitte fick mich« und es dreht sich alles. Sie bekommt ein Gefühl, als würden in dem kleinen Raum fünf Pärchen ficken und doch sind es nur sie beide. *Sie beide und dies heute zum letzten Mal. Oh mein Gott! Oh mein Gott!* Und jetzt ruft sie es laut: »Oh mein Gott – das halt ich nicht aus!«

Basti knetet ihren Busen, der – da sie sich hoch in die Hundestellung stemmte – schön hin und her flog. Nun fährt er ihr endlich auch wieder tief hinein, ganz tief, er drückt auch noch fest drauf, um jeden Millimeter, den er vielleicht noch tiefer in sie eindringen kann, zu nutzen.

Elfriede schreit und heult zugleich, sie ist betrunken und doch spürt sie so viel Ekstase in sich. Ihre Muskeln sind futsch, sie fühlt sich ihm völlig ausgeliefert und denkt: *Jetzt kann er alles mit mir machen, alles ...*

Und er dreht sie um, sieht ihre verlaufene Wimperntusche, streicht ihr mit einer Hand über die Wange hinab zum Hals und packt sie an einer Schulter, die andere Hand umschlingt einen Oberschenkel und er will das Schauspiel beenden.

Er sinniert: *Jetzt gebe ich ihr den Rest. Jetzt fick ich dich so hart, wie es dir keiner mehr geben kann. Du sollst mich nicht vergessen. Du Miststück!* Nachdem er ihr seine Spermien schenkte, ganz tief hinein – er hatte sicher mindestens drei große Mengen an Erguss abgegeben, liegt er schwer schnaufend auf ihr, sodass ihr fast die Luft abgeschnürt wird. Kurz japsend ringt sie nach Sauerstoff. Die Raumtemperatur entspricht mittlerweile einer Sauna und das lodernde Feuer ist inzwischen zur Restglut gesenkt. Endlich springt Sebastien mit einem Satz hoch und öffnet die Türe. Elfies Brustkorb kann sich wieder dehnen und Basti erkannt jetzt erst den Ernst der Lage.

»Warte Schatz, ich kümmere mich um dich, ich bringe dir Wasser.«

Sie schlummert inzwischen benommen ein und wird wach, als er ihr Gesicht mit einem feuchten Tuch reinigt. Dann trinkt sie ein großes Glas Wasser, muss zwischendurch öfters absetzen, denn sie hat keine Puste mehr.

Elfi liegt die restliche Nacht in seinen Armen und morgens werden sie von seiner Kundschaft geweckt. Diese unangenehme Autohupe dröhnt immer wieder auf, bis sich Basti endlich von Elfi löst, sich aufrafft und seinen Arbeitstag beginnt.

Eine Stunde später verabschiedet sich Elfi mit einem letzten Kuss und entschwindet nach Hause ins Bett. Sie meldet sich heute »mit einer Magenverstimmung« krank. Ihre letzten Gedanken, als sie wieder einschläft, sind: *Dieser verdammte Alkohol!*

Ob Elfriede ihr Glück fand, ist eine andere Geschichte, aber Sebastian gehörte fortan nicht mehr zu ihrem Leben.

21

Wellness-Bi

Lange geplant und nun ist es endlich soweit. Birgit und Miriam kommen im Wellness-Hotel an.

Um die Mittagszeit tut sich fast nichts im Saunabereich. Schön aufgeheizt, steigen beide jetzt in den Whirlpool.
»Toll, es sind gerade keine weiteren Gäste hier – meine Liebe – wir können uns jetzt so richtig schön entspannen!« frohlockt Birgit.
Miriams Augen glitzern. Sie freute sich so sehr auf das gemeinsame Wochenende, seit Birgit ihr vor zwei Wochen gestanden hat, dass sie auch gerne Frauen verwöhnt. Birgit ist also Bi veranlagt. Für Miriam ist das etwas völlig Neues, doch Interesse hatte sie schon immer, bloß keine Gelegenheit …

Birgit rückt sich vor einer Wasserdüse zurecht und lächelnd fordert sie Miriam auf, es ihr gleichzutun. Genüsslich beobachtet sie Miriam dabei.
»Ja genau, du musst dir die Düse richtig fest auf deine Klitoris steuern!«
Der starke Strahl spaltet schön auseinander und ihre Knospe vergrößert sich.
»Oh ja, das fühlt sich gut an!« und Miriam bewegt ihr Becken leicht auf und ab.
Birgit kann sehen, wie sich die Brustwarzen von Miriam hart aufstellen und ihre schönen Titten vom Wasserschwall hin und her gewirbelt werden.
»Warte, ich helfe dir!« flüstert Birgit. »Keine Angst Süße, lass dich gehen und genieße einfach!«
Birgit begibt sich hinter Miriam, so dass ihr kleiner, aber schön geformter Busen auf dem Rücken von Miriam sanft andrückt. Sie fasst unter ihre Achseln nach vor und stützt Miriams schwankende Rundungen, sie kneift sachte ihre Brustwarzen. Miriam vergisst alles ringsum, sie schließt ihre

Augen und spürt volle Erregung: unten der harte Strahl, am Oberkörper diese Zartheit ... und jetzt küsst Birgit ihren Nacken, kommt langsam hoch zu ihrem linken Ohr und schleckt am Ohrläppchen. Als sie ihr ins Ohr züngelt, gibt es kein Halten mehr – Miriam bekommt ihren Höhepunkt. Gaaanz tief zuckt es in ihr, laut muss sie aufstöhnen.

Noch lange verweilen sie an Ort und Stelle, die Düse hat Pause, keine Bewegung, nur die liebevolle Umarmung von hinten und beide Köpfe zueinander geneigt, so dass sie Wange an Wange liegen.

Miriam ist glücklich und doch auch sehr aufgewühlt. Zum ersten Mal wurde sie von einer Frau berührt und zum ersten Mal konnte sie im Beisein einer Frau Erlösung finden. *Was da wohl alles noch auf mich zukommt,* sinniert sie so dahin.

»Danke!« sagt sie später auf der Liege zu Birgit.

»Sehr gerne, meine Liebe! Es hat auch mir sehr viel Vergnügen bereitet. Wenn du möchtest, zeige ich dir heute abends weitere Genüsse ...« und sie blickt verschmitzt zu ihrer Freundin, gespannt welche Antwort kommt.

Miriams Augen werden glasig. »Meine Gefühle spielen verrückt – ich bin so nervös und doch aber ganz hungrig drauf, kann es gar nicht mehr erwarten.«

Birgit lächelt zufrieden. »Lass dich überraschen. Jetzt aber ruhe erst mal!«

Sie haben im Sonnenschein hinter Glas beide gut eine Stunde geschlafen und als Miriam munter wird, blinzelt sie zu Birgit hinüber. Oh, sie schaute ihr wohl eine Zeit lang beim Träumen zu. Ihr Blick wirkt eindringlich, begleitet von einem freundlichen Ausdruck.

»Miriam, du bist wirklich eine wunderschöne Frau. Dein blonder Lockenkopf, du gleichst einem Engel, hast schöne Gesichtszüge und einen hervorragenden Teint. Ganz zu schweigen von deinen tollen Rundungen.« schwärmt Birgit.

Verlegen entgegnet Miriam: »Ach wo, du bist doch viel hübscher. Sieh dich an! Du hast eine makellos gebräunte Haut und die Figur, die ich gerne hätte – so schön schlank und rank. Hingegen kämpfe ich immer mit meinen Speckröllchen.«

»Papperlapapp!« – schallt Birgit zurück – »aber o.k., wir sind konträre

Geschöpfe und finden uns gegenseitig schön.«

Nachdem das geklärt war, brauchte sich keine mehr unsicher fühlen und es entstand ein noch größerer Reiz zueinander.

Abends nach einem tollen 5-Gänge-Candlelight-Dinner genehmigen sie sich ein paar Drinks an der Hotelbar. Sie werden von zwei Herren angebaggert, die sie heimlich mittags beobachtet hatten.

Schelmisch meint einer: »Naaa? War es schön im Whirlpool? Wir wollten schon hinzukommen, aber dann beschlossen wir, euch lieber nicht zu unterbrechen.«

Miriam errötet und ertappt läuft sie zur Toilette.

Kurz darauf kommt Birgit sie zu beruhigen und beide gehen aufs Zimmer.

»Hier kann uns keiner sehen, hier sind wir ungestört!« beschwichtigt sie ihre Freundin.

Am Bett nebeneinander sitzend, streicht sie ihr behutsam eine Haarlocke aus dem Gesicht, nähert sich langsam und küsst sie ganz sanft auf die Lippen. Nochmals und nochmals, jetzt etwas länger. Miriam öffnet bereitwillig etwas ihren Mund und Birgit nützt die Einladung zum Zungenspiel. Beide halten sich an den Händen und lautlos – man hätte eine Stecknadel fallen hören – erkunden sie ihre Münder. Birgit nimmt ihre Freundin am Oberarm und drückt sie langsam aufs Bett zurück, ohne den Zungenkontakt zu verlieren. Seitlich eng anliegend, nimmt das zärtliche Geschmuse an Intensität zu.

Mit einer Hand fährt Bi Miriam am Saum des knapp sitzenden Glitzershirts entlang. Fingert sich darunter und streicht hoch zu ihren Hügeln, die in einen pinkfarbenen Spitzen-BH gezwängt wurden. Sie schiebt das Shirt hoch, um genüsslich zu begutachten. Miriams Atem beschleunigt sich, der BH wird unangenehm eng und sie ist froh, heute einen mit Vorderverschluss gewählt zu haben. Schnell ist er geöffnet und ihre schweren Dinger fallen etwas auseinander. Beim Kontrollblick nach unten sieht Miriam, dass Birgit sich gerade neigt und mit ihrer schwarzen Stehfrisur ein Prickeln bzw. eher Kitzeln auf ihren großen Vorhöfen verursacht. Jetzt lutscht sie ihre Warzen, eine nach der anderen.

Ich kann es kaum glauben, ja es passiert wirklich, Bi und i ..., geht es

Miriam durch den Kopf. *Ist das guuut! Aber ich muss doch auch was machen, ja sollte ich schon! Was denkt Birgit denn sonst von mir. Ich kenne mich ja als Granate – zumindest wurde mir das von meinen Lovern immer beteuert. Also los!*

Miriams Hände streicheln über Birgits Rücken, sie zieht mit dem Zeigefinger aus dem Rückgrat hoch zum Nacken und wieder hinab. Dann erfasst sie ihr Top und wälzt es hoch. Birgit erhebt sich und entledigt sich vom Top. Ihre festen Brüste brauchen keinen BH und das natürliche Reiben an der Oberbekleidung ist für sie immer eine Wonne. Sogleich öffnet sie auch ihren Rock, lässt ihn zu Boden fallen.

Miriam schaut verdutzt: »Du hast ja gar kein Höschen an!«

Im Kerzenlicht schimmert ihr schwarzer, schmal zurecht rasierter Schamhaar-Strich. An der Innenseite der Oberschenkel glitzert bereits erregte Feuchte.

Schnell entledigt sich Miriam nun auch ihrer Bekleidung. Als sie ihren pinkfarbenen Slip ausziehen will, stoppt sie jedoch Birgit.

»Den lass noch an! Ich möchte ihn dir später ausziehen.«

Birgit hockt zwischen Miriams Beine, ihr Gesicht ganz nah am völlig durchnässten Slip. Sie atmet tief mit der Nase ein.

»Hmmmmmh, du riechst wunderbar fraulich«, wispert sie.

Jetzt zieht sie den Slip im Mittelfeld etwas zur Seite und verwöhnt mit ihrer Zunge die heiße Möse. Mit zwei Fingern massiert sie gleichzeitig Miriams Kitzler und das stöhnende Echo bestätigt ihr die perfekte Handhabung. Das Verwöhnprogramm wird in der 6-9er-Stellung auch Birgit zuteil. Miriam macht zuerst Birgit alles nach, dann aber verliert sie den Verstand und wie hypnotisiert bedient sie ihre Bi mit einer Selbstverständlichkeit, als wäre es nicht das erste Mal. Bi zuckt es mehrmals und ein heftiger Orgasmus zieht von ihrer Muschi durch den ganzen Körper. Ihre Beine zittern, die Lippen vibrieren und tief vergräbt sie ihr Gesicht in Miriams feuchter Grotte, um kurz darauf hoch zu schnellen und tief Luft zu holen.

Mit einem Umschnall-Dildo erwartet Birgit ihre Freundin, die von der Toilette kommt.

»Mensch Mädchen, was hast du denn da für eine Überraschung?« ruft

Miriam erfreut und setzt sich ganz langsam im Grätschsitz auf den Zauberstab. Miriam genießt diese HERRliche Füllung und reitet tief sitzend stürmisch los. Jetzt hockt sie sich etwas vor, sodass ihre Brüste in Birgits Gesicht klatschen. Sie steigert ihren Galopp und bekommt ihren zweiten Höhepunkt heute.

Miriam hat vielleicht nur zwei oder drei Stunden geschlafen, sie ist zu verwirrt. *Diese Nacht mit Bi war irre gut, doch ein richtiger Penis ist halt ein richtiger Schwanz mit Saft und Kraft ... Eine Lesbe könnte sie nie werden,* das ist sich Miriam nun sicher.

Birgit erwacht, gibt Miriam ein Busserl und umarmt sie mit den Worten: »Lass uns noch ein wenig dösen, ja?«

Auf dem Nachhauseweg fasst sich Miriam Mut und berichtet ihrer Freundin, von der Erkenntnis, dass sie ohne Mann nicht leben könnte.
»Ja, mir geht es ja auch so«, bekräftigt Birgit, »aber hie und da solch Zärtlichkeit zu erleben, die es in dem Ausmaß nur unter Frauen gibt, möchte ich auch nicht missen müssen.«
»Das stimmt«, bejaht Miriam, »du hast genau gewusst, wie es mir gut tut ... und diese unbeschreibliche Sanftheit ...«
»Gerne jederzeit wieder, meine Liebe.« Birgit hält kurz inne, um dann fortzufahren: »Übrigens hab ich gestern von Roland – das war der Dunkelhaarige aus der Bar – erfahren, dass er dich gerne Wiedersehen möchte.«
Miriam schreit auf: »Echt? Der hat mir optisch eh sehr gefallen. Was hat er gesagt? Erzähl!«
»Tja – dein Stöhnen im Whirlpool hat ihn beeindruckt«, witzelt Birgit. »Nein Scherz, er hat dich auch im Restaurant beobachtet und du bist sein Typ. Er gab mir seine Nummer für dich.«
»Okaayyy... – her mit der Karte!«
Birgit kramt die Visitenkarte hervor, reicht sie Miriam und verweist auf die rückseitige Nachricht, zu der sie – sofern Miriam das möchte – gerne bereit wäre.
Was steht denn da? So eine Klaue aber auch ... und sie liest laut vor:

»*Möchte dich gerne Kennenlernen! Mein Kumpel und ich sind auch für einen 3er oder 4er zu haben. Ruf an!*«
»Na, da bist du baff, was?« amüsiert sich Birgit.

2+2

Vierer

»Hallo Roland und Gregor – bitte Eintreten!« steht auf einem an die Haustüre geklebten Zettel. Im Vorraum finden sie eine weitere Botschaft, in der sie aufgefordert werden, im nächsten Raum sich beim Esstisch zuerst dem bereitgestellten Whisky zu bedienen, denn Miriam und Birgit würden etwas später in Erscheinung treten.

»Typisch Miriam«, meint Roland, »immer ist sie zu spät!«

»Hey Kumpel, nicht so ungeduldig. Die beiden Hübschen werden sich sicher noch für uns Aufstylen!«

So stehen sie nun beim Esstisch, schenken sich etwas vom harten Getränk ein und prosten einander zu. Als sie gerade ihr Glas wieder auf dem Tisch absetzen wollen, bewegt sich plötzlich das weiße Tischtuch, es wird langsam seitlich abgezogen und Roland ergreift sich noch rechtzeitig die Whiskyflasche.

»Wow, was passiert denn da?«, entfährt es Gregor und Roland frohlockt: »Die Überraschung ist Euch gelungen!« Er hatte sich schon gewundert, warum keine Stühle beim Tisch standen.

Sie erblicken durch den Glastisch die beiden Girls darunter in Rückenposition liegend, sich gegengleich mit dem Kopf mittig zugeneigt. Sie küssen sich mit einer kleinen Distanz, so dass ihr Zungenspiel schön mitanzusehen ist.

Jede in einem atemberaubenden Dessous:

Birgit trägt einen roten Spitzen-BH, der ihre kleinen Brüste schön nach oben stützt und die eher dunklen Vorhöfe mit den bräunlichen Brustwarzen freigibt. Der Diamant im Nabel-Piercing glänzt im Lampenlicht. Der durchsichtige String ist im Schritt geschlitzt und nur an den Rändern in Spitze gefasst. Ihre schlanken Beine wirken in den roten, halterlosen Netzstrümpfen sehr verführerisch, die sie in roten Lack-High-Heels leicht gegrätscht am Boden aufstellt. Der rote, wasserfeste Lippenstift und die schön lackierten Nägel – natürlich im selben rot – vollenden den heißen Anblick. Ihre gebräunte Haut bringt einen tollen Kontrast zu der knalligen Farbe.

Miriam hingegen wirkt in ihrem Outfit wie ein Vamp. Roland erlebte seine Freundin bisher immer als sanftes, braves »Mädchen«. Sie trug höchstens mal ein rosafarbenes Nachtkleidchen. Sonst liebten sie einander ohne Reizwäsche, Miriams prachtvolle Rundungen grenzenlos zur Verfügung gestellt. Heute jedoch ist ihr praller Busen in dunkelrotes Tüll gefasst und unter der Brust beginnt das schwarze Lederkorsett, das ihr heute sogar eine Taille zaubert. An den Haltern sind dunkelrote Strümpfe angebracht, die jedoch zum Großteil in den schwarzen Latexstiefeln verschwinden. Ein Lederhalsband, die düster geschminkten Augen und dunkelroter Lippenstift sowie die streng nach hinten gebundenen Haare zeigen Miriam in völlig neuem Licht.

Roland ist fassungslos, er nimmt einen kräftigen Schluck vom Whisky und spürt, wie sein Schwanz dick wird.

Gregor entkleidet sich bereits und meint zu seinem Kumpel: »Auf was wartest Du?«

Die Männer setzen sich an den Tischenden zwischen die Beine der Ladies, Roland zu seiner Miriam und Gregor zu Birgit, die er heute das erste Mal ficken darf. Nach einigen Fingerfertigkeiten ziehen sie die Schönheiten unter dem Tisch heraus und platzieren sie in gleicher Position ein Stockwerk höher – also auf den Tisch. Jetzt geht es richtig zur Sache, wie ein Spiegelbild wirkt der jeweilige Zweier-Akt unter den Vieren … und das törnt mächtig an.

Birgit spürt, dass beide Männer schon sehr in Fahrt sind und sorgt daher für einen Szenenwechsel. »Was haltet ihr davon, wenn ihr uns umkreist, wie beim Tischtennis-Wettbewerb?«

Gregor frohlockt: »Ja, ich bin dabei!«

»Was meinst?« ist Miriam verwirrt.

Rasch wird klar, wie dieses Match gedacht ist. Im Uhrzeigersinn wechseln die Lover nun die Tischpositionen. An den jeweiligen Vorsitzen wird heftig gebumst und im Mittelfeld holen sie sich entweder einen Kuss bzw.

Oralfick ab. Diese verschiedenen Varianten kommen bei allen Vier sehr gut an, ein Stöhnen, Schmatzen und Raunen mit belustigtem Spielverhalten erfüllt das Esszimmer. *Mensch, ist das toll, ist das geil!*
Als gerade wieder die Positionen des Oralficks dran sind, kommt Roland in Miriams Mund. Gregor braucht Handanlegung und er zieht seinen Prügel aus Birgits Mund, wichst sich seinen Schwanz mit kräftigem Druck und kann jetzt auch mit lautem Aufschrei abspritzen. Seine milchige Flüssigkeit landet auf ihren Wangen, Brüsten und dem Glastisch.

Pause. Vier Stühle herbeigestellt und der Tisch dient jetzt wieder dem ursprünglichen Zweck. Während sie eine Kleinigkeit essen und trinken, berichtet jeder einzelne über seine Eindrücke von soeben.
Roland prahlt: »Eins zu Null für mich! Ich war schneller am Ziel.«
Gregor wischt mit einer Serviette seine Spermatropfen vom Tisch und kontert trocken: »Aber meine Leistung ist nachvollziehbar« und will Roland mit der nassen Serviette um die Nase fahren, der aber angeekelt sich ruckartig zurückzieht. Alle lachen und Miriam steht ihrem Freund dann aber mit der Aussage bei: »Also ich kann es bezeugen, dass Roli mir reichlich zu Trinken gab …« und wieder verfallen sie in Gelächter.
»Das Match ist aber noch nicht zu Ende, ihr kleinen Jungs! Richtige Männer bedienen die Frauen so lange, bis auch sie abspritzen«, gibt Birgit Stoff.
Da schaut sie Gregor baff an: »Sag bloß, du kannst das auch?«
»Also so richtig, so dass man am besten ein Latex-Leintuch verwendet, ist mir leider noch nie passiert. Aber wer weiß, vielleicht darf ich das in meinem Leben ja doch auch mal erleben …«
»Liebste Birgit« sagt Gregor sanft, »gerne, sehr gerne werde ich dir dazu verhelfen – ich tue alles, was in meiner Macht steht. Sofern du willst?«
»Na mal schauen, wie du dich heute noch anstellst, denn ein Süßer bist du ja wirklich …«
Miriam und Roland blicken sich verliebt in die Augen und schmunzeln bei dem Gedanken, dass ihre besten Freunde vielleicht ein Paar werden.

Es folgte sodann ein doppelter Dreier: Miriam liegt auf dem Tisch, die Beine am Rand abfallend. Auf ihr zugeneigt das Federgewicht Birgit, die ihre Beine anhockt. Die Brüste liegen aufeinander und beide küssen sich. Der knackige Popo von Birgit mit dem schönen Arschgeweih über dem Ansatz sieht sehr geil aus. Gregor fährt voll auf Tätowierungen ab. Abwechselnd bedient er nun die Höhle von Miriam und dann wieder jene von Birgit. Am liebsten würde er auch die beiden rückwärtigen Löcher erkunden, aber dies wagt er heute noch nicht. Roland sieht bequem auf der Seite sitzend zu und ist froh, dass ihn keine Eifersucht plagt. Im Gegenteil, er erfreut sich an dem Schauspiel und wichst seinen Schwanz.

Einen Monat später treffen sich die Vier erneut zum »Tischtennisturnier«. Es steht eine freudige Feier an, denn mittlerweile sind Birgit und Gregor fix zusammen. Ob SIE inzwischen auch abspritzen kann, bleibt erstmals deren Geheimnis …

23
Schlaraffenland

Emma hatte schon öfters Fantasiereisen mitgemacht und jedes Mal konnte sie verblüffende Erkenntnisse daraus ziehen. Im heutigen Seminar steht wiederum so eine Reise als Abschluss eines intensiven Tages kurz bevor.

Alle Teilnehmer haben sich inzwischen auch körperlich auf die Reise vorbereitet – also waren am Töpfchen, die vielen Weiblein und die spärlichen zwei Männlein. Emma hatte auf mehr Vertreter dieses »HERRlichen Geschlechts« gehofft ... *Nun ja – man will dem Schicksal nichts dreinreden,* dachte sie sich heute bei der morgendlichen Vorstellrunde, *aber wäre da nicht zumindest endlich wieder einmal ein greifbarer Mann möglich gewesen? – Du liiiebes Schicksal? Du, wo du mich vor einigen Monaten den tollen Typen kennenlernen ließest (hmmm) und dann ist dieser vergeben ... Was soll denn das bitte? O.k., Schluss mit der sentimentalen Gefühlsdusselei –* jetzt geht's los: Schön in Decke eingekuschelt, auf der Fitnessmatte möglichst bequem am Boden liegend, lauschen nun alle der Reise.

Nach den üblichen Einstimmungssätzen wird jeder zu einem Haus seiner eigenen Vorstellung verbal geführt. Drinnen geht es Stufen hinunter in einen Raum, wo man sich all das holen kann, was man braucht bzw. all das ausatmen kann, was man nicht mehr braucht.
Echt krass – Emma sieht kein Haus, sondern lediglich eine alte Bauernhausmauer, mit rostigen Gitterstäben vor den kleinen Fenstern und eine alte, hölzerne Eingangstüre. Sie geht hindurch und gelangt von der düsteren, vernebelten Landschaft in eine ganz gegenteilige Natur voll Sonnenschein, blauem Himmel und grüner, saftiger Wiesen. Sie schreitet mühelos, fast schwebend, auf das vor ihr liegende Zentrum zu und sieht wunderbare Blumen, Bäume und einen kleinen, klaren See. Viele Tiere tummeln sich in völliger Eintracht rund um sie.

Wuuunderschön – und das darf ich alles erleben, freut sie sich. *Ja, ich bin ganz alleine hier – nur ich, die Tiere und diese prachtvolle Natur bei dem Traumwetter. Es macht mir nichts aus, dass ich alleine bin – es ist gut so!*

Kurz darauf fällt ihr aber ein, dass sie den EINEN doch gerne bei ihr hätte. Sie dreht sich um und sieht plötzlich im Türbogen der alten Mauer ihren Schwarm Achim stehen. Achim lächelt ihr zu und sie kann von weitem in seinen Augen lesen, dass er gerne zu ihr kommen möchte. *Ja, ACHIM darf zu ihr ins Paradies.* Sie winkt ihn herbei und er kommt langsam lächelnd auf sie zu, ohne den festen, freudigen Blick zu verlieren.

Bei Emma angekommen, braucht es keine Worte. Sie erkennen in den schwarzen Pupillen ganz tief innenliegend die Seele des Anderen. Achim und Emma halten sich an den Händen und magisch nähern sich ihre Körper zueinander. Die Lippen vibrieren und die Distanz verringert sich in sanfter Weise, bis sie aufeinander treffen, so zart, so weich und so unbeschreiblich ekstasisch. Beide sind sehr vorsichtig. Beide haben Zeit. Hier im Paradies gibt es keine Eile. Hier ist nichts zu tun, außer jede Sekunde wahrlich zu genießen. Emma spürt Achims Hände auf ihren Oberarmen, er streicht langsam hoch über Ihre Schultern, um sie nun zärtlich zu umarmen. Automatisch umarmt auch Emma diesen attraktiven, großen Mann. Ihre Münder öffnen sich, gleichzeitig schließen sie langsam die Augen und jetzt spürt Emma seine feuchte Zunge ganz sachte zwischen ihre Lippen eintauchen. Sogleich erwidert sie und ein hocherotisches Zungenspiel beginnt. Es fährt Emma den ganzen Körper durch – sie kann spüren, wie die Hitze in einem Ruck von oben nach unten all ihre Glieder weich werden lässt und ist so froh, dass Achim sie fest im Griff hat. Jetzt ist es um beide geschehen, sie sind voller Verlangen, herzlicher Wärme und …

Emma wird etwas aus ihren Fantasien gerissen, denn im Seminarraum musste jemand lautstark nießen. Es steigt leichte Panik in ihr auf:
Nein – Ruhe! Das ist gerade so schön – bitte, ich möchte weiter träumen!
Ihrer gedanklichen Forderung wird folgegetan und schon ist sie wieder im Paradies.

Achim liegt auf Emma, beide auf einer weichen Decke im frischen Gras gebettet. Ihre nackten Körper werden von der Sonne erhitzt. Emma spreizt ihre Beine und Achim findet den Eingang in ihre heiße Grotte. Ganz langsam führt er sein steifes Glied in Ihre Vagina, bis er vollkommen in ihr ist. Beide halten inne, spüren den besonderen Augenblick der Vereinigung, schauen einander tief in die Augen, ihre Münder sind hauchend leicht geöffnet und nun bewegen sie sich in berauschender Harmonie. Sie seufzen auf, küssen sich innig und jetzt schwingen ihre Becken wie ein aufloderndes Feuer. Immer heftiger und heftiger stößt Achim zu und Emma gräbt ihre Finger in seinen Rücken. Ihre extreme Körperspannung – fest aufeinander gepresst, wird mit lautem Stöhnen begleitet. Sie erleben gleichzeitig einen Wahnsinns-Orgasmus und immense Verbindung zu einer Einheit. Die Vögel ringsum und auch alle anderen Geräusche verstummen für fühlbare fünf Minuten. Die Zeit wurde angehalten, die schicksalhafte Verschmelzung hat stattgefunden.

Sie lieben sich ein zweites Mal und erforschen dabei nun auch ihre intimsten Regionen mit einer Vertrautheit, als würden sie einander schon ewig kennen.

Später trollen sie wie kleine Kinder im See und lassen sich anschließend die Früchte ringsherum schmecken. Hier ist ein wahrliches Schlaraffenland, alles was ihnen gerade in den Sinn kommt, ist sogleich vorhanden. Achim entfacht ein Lagerfeuer und dankbar blicken sie in den Sternenhimmel. Ihre Seelen haben sich gefunden. Sie verbringen die laue Sommernacht eng beieinander liegend, mit weichem Fell zugedeckt.

Emma hört die Seminarleiterin sagen: »Du begibst dich jetzt langsam wieder auf den Rückweg.«

Als Emma in Achims Armen erwacht, erscheint die Sonne bereits am Horizont.
Er sagt zu ihr: »Einen wunderschönen guten Morgen, meine Göttin!«
Sie erwidert mit einem sanften, langen Kuss und dann begeben sich beide Hand in Hand wieder retour Richtung Eingangstüre. Sie gehen aber nicht

hindurch, sondern befinden sich auf einmal ganz oben auf der Mauer, die unter ihnen plötzlich zu zerbröseln beginnt.

Händehaltend stehen sie sodann am Boden und sehen, dass ein strahlender Lichtkreis sie umgibt, der voraus in die vernebelte, trübe Welt strahlt, aus der sie beide kamen und wieder zurück müssen. Sie haben das Paradies zusammen erlebt und fest in sich gespeichert. Vereint bringen sie fortan Licht, Wärme und Liebe zu jenen, die Hilfe brauchen. Das ist ihre Bestimmung!

Mit Tränen in den Augen kommt Emma wieder in den Seminarraum auf ihre Matte zurück. Sie ist überglücklich eine derart traumhafte Reise erlebt haben zu dürfen. Ihr Herz bebt vor Freude und auch wenn es nur Fantasie war – in dieser entspannten Stunde hat sie von ihrem Traummann im Schlaraffenland alles bekommen.

Es stellt sich die Frage, ob wir nicht auch unsere Realität träumen?
Völlig egal – Emma wird sich bald wieder in eine andere Welt begeben und genießen, denn dort zeigt ihr ihre Seele das wirklich Wichtige auf. Immer wieder geht es um freudige Leichtigkeit, Wohlwollen und wahrhaftige Liebe.
Wer weiß, was die Zukunft bringt – vielleicht werden manche Sehnsüchte auch Wirklichkeit ... Tja, so wie es das Schicksal halt will ...

24
Die Kirche im Himmel

Der dritte Glühwein auf dieser fantastischen Alm heizt Tamara so richtig schön auf. Am offenen Kaminfeuer wird ein vorzügliches Fondue geboten und die rockige Weihnachtsmusik lässt Tanzlust erwachen.

Jetzt geht es mit der Rodel hinunter ins Tal – bei sternenklarer Nacht. Zu zweit auf der Rodel um die erste Kurve kommt ein großer Schneehaufen direkt zwischen Tamaras Beine – schön nah zur intimsten Stelle der Frau – und tränkt ihre Jeans flott nass. Dann gleich ein zweiter Schneepatzen mitten ins Gesicht und damit war es geschehen, sie konnte nur mehr lachen …

Die Rodelbahn wäre eigentlich links hinunter gegangen, doch in der Dunkelheit haben sie diese übersehen. So fahren sie eine Schistraße hinunter und stehen einmal quer. Beide steigen ab, umarmen sich und nach einem langen Kuss stehen sie eng beieinander, sodass sie je über die Schulter des Anderen blicken können.

Da sagt Tamara voller Euphorie: »Dort oben sind die Sterne, da unten die Lichter und schau, da – da sieht es so aus, als schwebe die Kirche im Himmel …«

Richard, der ebenso angetrunken ist, windet sich vor Lachen und spottet ihr nach: »Jaja, die Kirche kann schweben.«

Er legt sich mit dem Rücken auf den Boden neben die Rodel. Tamara ergreift diese Situation und setzt sich auf ihn. Sie ist so überglücklich, sie reitet auf ihm mittig platziert mit leichten Beckenbewegungen, breitet ihre Arme zur Seite, biegt sich mit ihrem Oberkörper nun ganz zurück, so dass sie fast bei seinen Füßen ankommt und schreit in die Nacht hinein. Sie schreit vor lauter Lebenslust, es geht ihr ja sooo gut! Am liebsten würde sie Richard jetzt hier verrammeln, ganz einfach hier auf der Piste mitten im Schnee. Doch sie ist pitschnass. Er hat dank seines Overalls noch halbwegs trockene Knochen, aber es ist schon irre kalt.

Also setzen sie sich wieder auf die Rodel – diesmal platziert sich Tamara

hinten drauf – und ab geht es den Berg hinunter. Ein viel zu steiler Berg, aber Richard schafft sogar einen glanzvollen Abschluss: er parkt mit einer 90-Grad-Drehung zwischen einem Auto und einer Eisenstange ein.
Noch einmal Glück gehabt!

Zurück bei seinem Auto fahren sie noch in ein Pub, sitzen erneut bei einem Kamin und lassen sich trocknen. Sie küssen sich immer wieder voller Lust, können sich kaum lösen.
Auf einmal fischt sich Tamara aus dem Bitter Lemon einen Eiswürfel heraus und steckt sich diesen in ihre Hose. Der rutscht rasch runter zur heißen Quelle, doch jetzt muss sie aufschreien: »Iiihhh, das ist ja wirklich eiskalt!« Beide lachen sie und sind total verliebt ineinander.

Im Hotelzimmer genießen sie dann die gemeinsame Dusche und sein Penis findet kurz Einlass in ihre Höhle. Mit der Duschlotion streicheln sie sich gegenseitig: den Hals hinab über die Schultern, schmiegen mit der Vorderseite eng beieinander, seifen den Rücken hinab bis zum Po und den Beinen entlang. Er massiert ihren Busen und fährt mit der Hand zwischen ihre Beine. Sie küsst seine Brustwarzen, gleitet mit der Hand über den Bauch zu seinem Zauberstab und seift auch diesen gut ein. Sein gutes Stück ist beschnitten, sieht einfach zum Anbeißen aus. Sie geht in die Hocke, wäscht ihn rein und nun schleckt sie ihn sachte. Ihre Zunge umspielt seine Eichel, mit einer Hand hält sie sich an seinem Hintern fest, mit der anderen krault sie den Eiersack.
Richard genießt ihre zärtlichen Liebkosungen und hält beide mit dem Wasserstrahl warm. Vorsichtig neigt er den Duschkopf so, dass ihre Haare nicht nass werden, denn zum Föhnen bleibt heute keine Muße.
Er zieht sich Tamara wieder hoch und küsst sie innig.
Sie blicken sich an und wissen, jetzt wird es Zeit, ins Bett zu gehen …
Dort angekommen, schmiegen sie ihre Körper bei Kerzenschein aneinander. Sein Steifer dringt in sie in und sie bewegen sich in einer wunderbaren Vertrautheit.
Was für eine tolle Nacht! Ihr erstes gemeinsames Weihnachten! Und zum Schluss schenkt er ihr noch seinen warmen Saft.
»Gute Nacht mein Liebling – schlaf gut!«

Nachwort

Liebe Leserin! Lieber Leser!

Hat sich Ihr sexueller Appetit gesteigert? Hat Ihnen dieses Buch gefallen? Sicherlich gibt es eine oder mehrere Lieblingsstorys und auch wieder weniger für Sie ansprechende Zeilen. Recht machen kann man es nicht jedem – so wie es sich auch im Leben bzw. Sexleben zeigt. Diese Unterschiedlichkeit macht es aber gerade spannend und einzigartig …

Bleiben Sie hungrig auf das Leben, die Liebe und die Leidenschaft in allerlei Facetten! Gönnen Sie sich täglich Gutes und schenken Sie es auch Ihrem Gegenüber. Bedenken Sie, das Positive wird letztlich immer siegen.

Haben Sie Lust auf mehr bekommen? Im Band II erwarten Sie wieder neue Geschichten verschiedenster Konstellationen, die die Bandbreite der Sexualität in verschärfter Form präsentieren. Ich würde mich sehr freuen, wenn wir uns wieder »lesen«.

Über Anregungen, Storys und konstruktive Kritik bin ich stets dankbar (anita.pilz@sichfinden.at).

Ich wünsche Ihnen ein glückliches, erfülltes und befriedigtes Leben – herzlichst Ihre *Tina Slip*

Vorschau Band II

In diesem Buch werden Sie auch Storys lesen,
die Sie im Band I vermisst haben könnten …

Weiters gibt es alljährlich zur Buchpräsentation eine

Sommernachtslesung.

Während Sie in einer Hängematte odgl.
im lauen Sommernachtslüftchen schaukeln,
lauschen Sie erotischer Kurzgeschichten.
(Details via: www.sichfinden.at)

Zeitfracht Medien GmbH
Ferdinand-Jühlke-Straße 7
99095 Erfurt, Deutschland
produktsicherheit@kolibri360.de